大豆田とわ子と三人の元夫 ❷

坂元裕二
Yuji Sakamoto

河出書房新社

contents

＊用語について
N＝ナレーション

大豆田とわ子と三人の元夫

大豆田家

とわ子と八作の娘

大《おお》豆《まめ》田《だ》 唄《うた》

豊嶋 花

しろくまハウジング社長

大《おお》豆《まめ》田《だ》とわ子《こ》

松たか子

とわ子の父親

大《おお》豆《まめ》田《だ》旺《おう》介《すけ》

岩松 了

とわ子の親友

綿《わた》来《らい》かごめ

市川実日子

しろくまハウジング

とわ子の良きアドバイザー

六《ろく》坊《ぼう》 仁《じん》

近藤芳正

とわ子が公園で出会う謎の男

小鳥遊《たかなし》大史《ひろし》

オダギリジョー

とわ子の後輩

松《しょう》林《りん》カレン

高橋メアリージュン

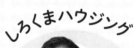

人　物　相　関　図

とわ子の元夫

1番目の元夫

レストラン「オペレッタ」オーナー兼ギャルソン

田《た》中《なか》八《はっ》作《さく》

松田龍平

2番目の元夫

ファッションカメラマン

佐《さ》藤《とう》鹿《か》太《た》郎《ろう》

角田晃広

3番目の元夫

しろくまハウジング　顧問弁護士

中《なか》村《むら》慎《しん》森《しん》

岡田将生

八作の親友の彼女

三《み》ツ《つ》屋《や》早《さ》良《ら》

石橋静河

鹿太郎が出会う女優

古《ふる》木《き》美《み》怜《れい》

瀧内公美

慎森が公園で出会う女性

小《こ》谷《たに》　翼《つばさ》

石橋菜津美

デザイン　坂野公一＋節丸朝子（welle design）

大豆田とわ子と三人の元夫 2

第6話

1　レストラン『オペレッタ』・店の外

出て来た慎森《しんしん》と鹿太郎《かたろう》、見回して。
鹿太郎「大豆田《おおまめだ》とわ子《こ》は？　どうしたの、どこに行ったの？」
慎森「探しに行きましょう」
鹿太郎「探すったってどこに……」
背後でドアが開き、挟まれる鹿太郎。
八作《はっさく》が出て来て。
八作「どうですか？」
慎森「（首を振り）……あれ、佐藤《さとう》さん、どこ行ったんだろ」
鹿太郎「ここにいるよ」
八作「何してるんですか？」
鹿太郎「なんか急に視界が暗くなったの……」
またドアが開いて、挟まれる鹿太郎。
出て来たのは翼《つばさ》。
翼「（慎森に、店内を示し）芸能人いる」
慎森「芸能人？　あー佐藤さんの。佐藤さん？（と、探す）」
鹿太郎、ドアの裏から出て来て。
鹿太郎「しーっ、芸能人とか言わないで」
翼「あの人の彼氏さんですか？」
鹿太郎「いやいや、僕なんかが……」
慎森「（中を示し）一旦戻った方がいいんじゃないですか」

入って行く慎森、鹿太郎、翼。
八作、周囲を見て、うーんと思いつつ、クローズの看板を出し、店に戻る。

2　同・店内

八作、カウンターの早良《さら》と、ボックス席の慎森と翼、鹿太郎と美怜《みれい》たちを見ながら話している。

早良「（見回して）主役なしのパーティーか」
八作「昨日、俊朗《としろう》と会って、全部話しました」
早良「あ、そう」
八作「だからもうここには……」
翼と慎森がこっちに来て。
翼「（美怜の方を盗み見ながら、小声で）やっぱりあの人、芸能人ですよね」
慎森、八作、早良たち、美怜の方を見る。
翼「あ、見ちゃダメです。芸能人は一般人から見られることに敏感なんです」
慌てて目を逸らす慎森、八作、早良。
早良「見られたくなかったら頭にサングラス載せなくない？」
慎森「（翼に）てゆうか、一般人って何？　芸能人は特殊人ですか？　なんなんですか、芸能人だからって偉そうに」
鹿太郎と美怜。
美怜「普通にしてるだけなのに、芸能人だからって偉そうにすんなとか言われるんですよ」
鹿太郎「ここにはそういう人はいませんよ（と、振り返ると）」
こっちを見ていた慎森、八作、早良、翼、慌てて視線を逸らす。
美怜「（慎森たちに）良かったら一緒に飲みませんか」

鹿太郎「いいんですか」
美怜「変に意識されるより飲んだ方が楽しいでしょ。（慎森たちに）どうぞどうぞ」
慎森「僕ら、一般人ですけど、いいんですか」
美怜「（鹿太郎に）すごい面倒くさい人いるね」
鹿太郎「あれは彼の挨拶みたいなものです」
　慎森、早良、翼、ボックス席に行く。
美怜「どうぞどうぞ」
　ボックス席に慎森と鹿太郎、向き合って、早良と美怜と翼が座った。
八作「（その様子を見ていて）うわあ……」
潤平「ぎゅうぎゅう詰め、苦手だもんね」
八作「見てるだけで苦しくなるんだよね」

×　×　×

　八作がワインを注いで、全員がグラスを持った。
美怜「（八作に）ご一緒にどうぞ」
八作「いただきます」
　八作、自分のグラスも用意して注ぐ。
　慎森、一旦立ち上がって。
慎森「（八作に真ん中の席を示し）どうぞ」
八作「ここで大丈夫です」
鹿太郎「乾杯するんだから座って」
八作「はい……」

八作、仕方なく座り、慎森も座る。
すごく狭いところに六人で、八作はつらそうだ。

鹿太郎「じゃ、乾杯しましょうか」
美怜「あ、でも」
早良「誰が誰なのかわからないですよね」
美怜「だよね」
鹿太郎「確かに、誰が誰だかわからない状態で乾杯は気持ち悪いですよね」
翼「自己紹介しましょうか」
八作「（つらい）」
美怜「じゃあ、そちらの方から（と、慎森に）」
慎森「僕ですか？　あ、えっと……」
翼「中村《なかむら》さんです、中村慎森さん。弁護士さんです」
美怜・早良「（翼を見る）」
翼「あ、ごめんなさい、わたしが紹介しちゃった」
美怜「（微笑《ほほえ》み）全然いいと思いますよ」
早良「（微笑み）大丈夫だよ」
翼「（目を伏せて）すいません、余計なこと言って」
全員、……。
鹿太郎「え、こういう感じ？」
美怜「こういう感じって？」
鹿太郎「いえ……（慎森に）はい、自己紹介」
慎森「中村です」

全員、待って、……。

慎森「はい？」

鹿太郎「自己紹介だよ？　年齢、職業、好きな食べ物、好きな色、そういうことをアピールしないと」

慎森「……えー、三十一歳、弁護士です」

美怜「犬派ですか、猫派ですか？」

早良「お休みの日は何してるんですか？」

慎森「……」

鹿太郎「ほら答えて」

慎森「……自己紹介って、いります？　自己紹介、意味なくないですか？　中村です。あ、中村か。三十一歳です。あ、三十一歳か。オムライスです。あ、オムライスか。別になんの感想も浮かばないですよね、（笑ってしまいながら）そもそもそんな単純なデータで人間を語れます？　三十年間自分と一緒にいる自分でさえ自分がわからないのに、それで理解出来ると思います？」

全員、……。

鹿太郎「（慎森に）大丈夫、今自己紹介出来てたから」

美怜「なんか見た目と喋った時のイメージが違いますね」

慎森「よく言われます」

翼「小《こ》谷《たに》翼です」

急に言い出したので、みんな、翼を見る。

翼「二十六歳です。渋谷のビジネスホテルで働いてます。好きな食べ物はシウマイ。シウマイってシュウマイじゃなくてシ・ウ・マ・イって書くって知ってました？」

全員、なんか微妙な顔で、小さく拍手する。

翼「……わたしのことなんか誰も興味ないですよね」
鹿太郎「そんなことありませんよ」
美怜「そんなことないよ。（慎森と翼を示して）お二人は付き合ってるの？」
慎森「え、何でですか」
翼「面倒くさそうってことでひとくくりなんでしょうね」
早良「そんなこと言ってないじゃん」
鹿太郎「え、何これ、自己紹介って、こんな危険スレスレのものだっけ」
八作「（この場を離れたいなあ、と）」
美怜「古木《ふるき》美怜です。岩手県出身、三十二歳です。血液型はO型。好きな動物はトイプードルです」
早良「女優さん、なんですよね」
美怜「うん」
慎森「何で今、トイプードルまで言っておいて、女優ってところは飛ばしたんですか？　みんな知ってるでしょ前提ですか。あ、悪意のない素朴な疑問です」
鹿太郎「知ってる前提の何が悪いの。色々気を遣う仕事なんだよ」
翼「でもお金はたくさん貰えますよね」
鹿太郎「彼女は普通の人だよ」
慎森「（鹿太郎と美怜に）中華料理と言えば何ですか？」
鹿太郎「マーボー」　美怜「北京ダック」
慎森「ね。マーボーって（と、苦笑）」
鹿太郎「マーボー馬鹿にする人は人生損してますよ」
早良「三ツ屋《みつや》早良です。嫌いな言葉は、人生損してますよってやつです」
あーわかるわかると頷く一同。

鹿太郎「今後一切言わないように致します」
美怜「えーっと、あとは……」
早良「田中《たなか》さん？」
あまりの窮屈さに疲弊している八作。
翼「具合悪いんですか？」
八作「元気です」
全員、……。
鹿太郎「田中さん、今、全員が、あ、こんなに元気のない元気です、はじめて聞いたわって思いましたよ」
八作「（変わらず）元気です」
早良「自己紹介」
八作「田中です。ここの者です」
鹿太郎「元気出してね。はい、じゃ、乾杯しましょうか」
全員、グラスを掲げて。
慎森「何に乾杯ですか？」
全員、……。
鹿太郎「ようやくここまで辿り着いたのに、新しい課題を生まないでよ」
翼「最高の出会いに」
全員、そうかなあと思いつつ。
全員「乾杯」
グラスを合わせようとすると、店内の照明が消えた。
グラスの割れる音がした。

鹿太郎の声「何何何、どうしたの」
八作の声「確認します。出してください」
美怜の声「停電だよね」
翼の声「どうしよ、グラス落としちゃった」
八作の声「出してください」
またグラスの割れる音がした。
慎森の声「どうしよ、グラス落としちゃった」
鹿太郎の声「何してるの君」
八作の声「出してください」
N「そんな風にしてはじまった長い夜、こんなことが起こった」

3 今週のダイジェスト

旺介《おうすけ》に促されて、大豆田家の部屋を訪れた慎森、鹿太郎、八作、早良、美怜、翼。
N「大豆田家を訪れた元夫と三人の女性たち」

× × ×

テレビを点《つ》けたら、大きな音が出て、びっくりする慎森、鹿太郎、八作、早良、美怜、翼。
N「テレビ点けたら、いきなり音量六十二だった元夫と三人の女性たち」

× × ×

正座している慎森、鹿太郎、八作を、早良、美怜、翼たちが厳しい目で睨《にら》んでいる。
N「日頃の行いをめっちゃ叱られる元夫たち」

ラジオ体操をしていて、隣にいた小鳥遊大史《たかなしひろし》（42歳）と目が合って、どうもどうもと挨拶するとわ子。

N「新たな出会いに、あ、どうも、あ、どうもと挨拶する大豆田とわ子」

× × ×

4　レストラン『オペレッタ』・店内

N「そんな出来事を今から詳しくお伝えします」

店内の照明が消えてしまって、ざわつく慎森、鹿太郎、早良、美怜、翼。

八作、懐中電灯を手にし、落ち込む潤平《じゅんぺい》を照らす。

潤平「またやっちゃったよ」

八作「大丈夫だよ。（慎森たちに）すいません、オーブンでブレーカー落ちたみたいで」

八作、三本ある懐中電灯を慎森と早良にも渡す。

早良「あーびっくりした。殺されるのかと思った」

美怜「誰によ」

鹿太郎「そういえば、とわ子ちゃん……」

慎森「何がそういえばですか。何で殺される云々《うんぬん》で思い出すんですか（と、懐中電灯を向ける）」

八作も早良も懐中電灯を鹿太郎に向ける。

鹿太郎「眩しい眩しい。向けないで。向けないでって」

外から救急車のサイレンが聞こえる。

三人の元夫たち、……。

N「消えた大豆田とわ子と三人の元夫」

○　タイトル

5　しろくまハウジング・オフィス

集合しているカレン、頼知《よりとも》、悠介《ゆうすけ》、羽根子《はねこ》、諒《りょう》、各部署の社員たち。
六坊《ろくぼう》が全員に語っている。

六坊「見積もり部、調達部は、各工務店、資材調達会社に連絡を取って、発注の有無と納期を再確認。設計、施工部は効率化、スピードアップを念頭に図面の再検討。営業、法務部はコストアップ分の契約を洗い直す。（手を叩き）よし、気合い入れて行こう」
各自、はい、と動き出す。

諒「（悠介に）さすが六坊さんですね」
悠介、空いているとわ子のデスクを見て。

悠介「連絡の一本くらい出来ると思うんだけどな」

×　　×　　×

大テーブルにパソコン持参で集合しているカレン、頼知、悠介、羽根子、諒、社員たち。
全員がパソコンで同じ予算表を見ている。
羽根子が数字を打ち込むと、全員に表示される。

羽根子「概算出ました。計六千八百八十八万千百十一円のコストカットが必要です」

頼知「（苦笑して）どっから削れって言うのさ」
カレン、打ち込んで。

カレン「ここの塗装費用、削りましょうか（と、打ち込む）」

全員のパソコンの予算表のトータルから二十万円減る。

羽根子「二十万円カット出来ました」

頼知「(苦笑し) はい、今山火事にジョウロで水かけました」

カレン、むっとして睨んで、打ち込む。

全員のパソコンの予算表から二千六百二十万円減る。

羽根子「二千六百二十万円カット出来ました」

頼知「は!? そこカットしたら、そもそものデザイン構造が成立しなくなるでしょ (と打ち直し、戻す)」

カレン「はい、また燃え広がりました」

睨み合うカレンと頼知。

6　レストラン『オペレッタ』・店内

照明が点いて、店内が明るくなっている。

八作が割れたグラスを片付けしていて、飲みながら立ち話をしている慎森、鹿太郎、早良、美怜、翼。

テーブルの下に入って行く八作。

鹿太郎「大豆田とわ子っていうんですけど」

美怜「三人の元妻さん?」

早良「どんな人? すごい興味あるんだけど」

鹿太郎「(慎森に) 普通の人だよね」

慎森「(鹿太郎に) 普通の人ですよね」

美怜「だってこの人たちと結婚した人なんでしょ」

早良「絶対普通じゃないよね」

　みんなが椅子に座ったり、よりかかったりするので、テーブルの下から出られなくなった八作。

翼「もしかして寝技がすごいんですか」

慎森「下ネタはやめてください」

翼「下ネタじゃないですよ。知り合いの河合《かわい》さんって人は、彼女の柔道の絞め技がすごいからプロポーズしたんです」

鹿太郎「それ、下ネタよりやばい人じゃないですか」

翼「全国ニュースにもなったんですよ」

美怜「その人、よく全国に出れたね」

八作「すいませーん」

美怜「大豆田とわ子さん、会いたいな。呼ぼうよ」

早良「連絡取れないんですって」

翼「トイレに閉じ込められたんじゃないですか？」

慎森「そんなことありえない……」

翼「あるんですよ。知り合いで、家のトイレの鍵が壊れて、一週間後に救出されたって人」

八作「すいませーん」

早良「それももしかして河合さん？」

翼「河合さんです。全国ニュースにもなったんですよ」

慎森「え、河合さん、一週間ものトイレデイズに一体何してたんですか」

翼「すごい暇だったみたいです」

美怜「暇でしょうね」

八作「すいませーん」

鹿太郎「え、ちょっと待って、今、元妻の話をしてるの、河合さんの話をしてるの」
美怜・早良「元妻さんです」　翼「河合さんです」
慎森「何故今関係ない人の話を混ぜるの」
翼「絶対トイレだと思います」

7　イメージ、どこかのトイレの中

個室トイレに閉じ込められ、便器の上に膝を抱えて座っているとわ子。

8　レストラン『オペレッタ』・店内

慎森「え、じゃあ今現在も彼女はトイレデイズを過ごしてるってことですか？」
早良「それはないんじゃない？」
八作「すいませーん」
美怜「普通に考えて、連絡が取れないって、理由はひとつしかないでしょ」
早良「他の男の人と一緒にいるんだよ」
慎森、鹿太郎、え、と。
美怜「そうだね、お泊まりだね」
早良「アジアンリゾートテイストの部屋に」
美怜「お泊まりだね」

9　イメージ、ラブホテルの室内

アジアンリゾートテイストの部屋の、ベッドの上でバスローブ姿で向き合っているとわ子と男。

10　レストラン『オペレッタ』・店内

鹿太郎「いやいやいやいや、絶対ないです」
慎森「ないですないですアジアンリゾートテイストないです」
美怜「誕生日でしょ？　別れた夫といるよりアジアンリゾートテイストしたいと思うと思わない？」
慎森「それは思います」
鹿太郎「思いますね」
早良「別れた妻がアジアンリゾートテイストしたって問題ないんじゃないですか……」
翼「ちょっと、ちょっと待ってください。なんか聞こえる」
鹿太郎「え、何、今度は河合さんの怖い話……」
八作の声「すいませーん」
　全員、見ると、テーブルの下に八作がいる。
慎森「……何してるんですか」
八作「ここから出たいんです」
　はいはい、とテーブル周りから離れる一同。
　出て来る八作。
　どうもと頭を下げて、そそくさと厨房に行く八作をみんなで見ていると、スマホのバイブ音が鳴った。
　全員、自分のスマホを見る。
　ひとりずつ、自分のじゃなかったと下ろしていき、最後に慎森が出て。
慎森「(画面を見て) あ。(鹿太郎に) お義父《とう》さんです」
鹿太郎「え？　とわ子ちゃんの？」

慎森「（出て）はい、もしもし」
　旺介の大きい声が漏れていて。
旺介の声「もしもし？」
慎森「はい、もしもし」
旺介の声「もしもし？」
慎森「はい、もしもし聞こえてます」
旺介の声「誰？」
慎森「中村です」
旺介の声「慎森？」
慎森「はい、慎森です。ご無沙汰してます」
旺介の声「もしもし？　もしもし？」
慎森「もしもし、もしもし」

１１　ハイツ代々木八幡・大豆田家の部屋

　包丁を持ってエプロンをした旺介が、あらゆる調理道具、小麦粉やニラなどの野菜が、キッチン台から床までひどく散乱した中に立って、スマホで話している。
旺介「どこにいるの？　うん？　田中くんの店。あーそうあーそう。多ければ多いほどいいの。一緒にいらっしゃい、ご馳走してあげるから。何？　お友達も一緒に来なさいよ。いいの、多ければ多いほどいいの。いいから早くみんなで来なさい。ね、待ってるから」

×　×　×

　台所の掃除をしている慎森、鹿太郎、八作。

あーあ、と見ている早良、美怜、翼。
旺介、酒を飲みながら、みんなに話していて。

旺介「男子厨房に入らずって言ったら支持者に怒られちゃった」

八作「あの、とわ子さんって」

旺介「田中くん、元気？」

八作「元気です」

旺介「ははは、相変わらずだね。慎森」

慎森「はい」

旺介「慎森」

慎森「はい」

旺介「ははは、慎森が返事した」

慎森「とわ子さんと唄《うた》ちゃんは？」

旺介「さあね、僕が来た時には、無人の荒野でしたよ。どうせまた女たちで飲んでるんでしょ」

鹿太郎「何かあったってことはないですか？」

旺介「(表情が険しくなり) 慎森、この人、誰」

鹿太郎「佐藤です、佐藤鹿太郎です。ご無沙汰しております」

旺介「あーそうですか、はじめまして」

鹿太郎「……」

旺介「みんな偉いね。田中くんはお店持ってるし、慎森も弁護士になれたし」

慎森「佐藤さんは有名なカメラマンになりました」

旺介「あんなのボタン押すだけでしょ、猿でも出来るよ」

八作「誰でも出来るからこそ、難しいんじゃないですか」

慎森「照明とかセンスいるみたいですよ、（鹿太郎に）ね」
鹿太郎「はい、やっぱり感性が物言う仕事で……」
旺介「君が感性語るか、感性も落ちるところまで落ちたもんだね」
鹿太郎「すいません、感性を落として」
　旺介、ソファーに横になって。
旺介「（早良たちに、鹿太郎を示し）その方はね、僕を殺そうとしたんだよ」
鹿太郎「殺そうとしてません」
旺介「前もって便座のスイッチ切ってたよね。冬の便座は命を刻むよ」
鹿太郎「あれはたまたまです」
旺介「要領の悪い男は嫌いだよ。ね、慎森」
慎森「はい」
旺介「はい、じゃ、餃子の支度して。包むのは僕がやりますから、写真撮ってね」

×　×　×

　慎森と鹿太郎、眠ってしまった旺介をとわ子の寝室に運んで来て、ベッドに寝かせる。
　慎森、戻ろうとすると、鹿太郎がクッションを手にし、旺介の寝顔を見据えている。
慎森「やっぱり殺そうとしたんですか」
鹿太郎「してませんよ。お義父さん、枕高いのが好きなんだよ」
　鹿太郎、旺介の枕にクッションを足してあげる。
慎森「お義父さん、絶対佐藤さんのこと好きですよね」
鹿太郎「へへへ」

×　×　×

早良、美怜、翼はリビングでワインを飲んでおり、慎森、鹿太郎、八作は台所で餃子を包んでいる。

慎森、それぞれが包んだ餃子を見て。

慎森「こうやって見ると、個性ありますね。この餃子、田中さんぽいじゃないですか」

八作「確かにこれは中村さんぽいし、これは佐藤さんぽいです」

慎森「うん、佐藤さんぽい」

鹿太郎「あ、そう。そう思うと、我が子のような気がしてきた」

慎森「そこまでじゃないですけど」

鹿太郎「どうしよ、自分の餃子が可愛くなってきちゃった。食べれないな。むしろ目に入れられる」

八作「(包んだ餃子を示し)ココちゃんです」

鹿太郎「名前付けたの？　いいな、僕も名前付けよ。ルル」

慎森「ココとルル。餃子ですよ？」

鹿太郎「君も名前付けなよ」

八作「三人組にしましょうよ」

慎森「えー、どうしよう、困ったな……」

リビングで話している早良、美怜、翼。

翼「自分では男の人を見る目あるつもりなんですけど、そうかー？　ってよく言われて」

美怜「わたしの持論では、男を見る目と恋愛感情は敵対関係にあるから、どっちかだよ」

慎森、鹿太郎、八作、餃子一式を運んで来て。

鹿太郎「ねえねえねえねえ」

翼「（聞いておらず）前に、こんなすごい蛇を飼ってる男の子と付き合ってて」
鹿太郎「どれが誰の包んだやつでしょうか？」
美怜「（鹿太郎に）わかんない。（翼に）そいで？」

鹿太郎、……。

全員で餃子を包みながら話す。

翼「絶対大丈夫って言うから触ったら、普通にめっちゃ嚙まれて、すごい腫れたんですよ」
早良「最悪じゃん」
翼「そしたら彼、謝ってくれて。ごめんごめん、これあげるよって、みたらし団子くれたんです」
美怜「安くない？　蛇に嚙まれたのに」
翼「しかも三本入りなのに、入ってたの二本で、多分一本は来る途中で食べたんだろうなって」
早良「何もくれない方がまだ腑《ふ》に落ちるよね」
鹿太郎「どれが誰の包んだ餃子でしょうか？」
早良「（興味なく）さあ」
翼「あとこれ違う人なんですけど、スズメバチに刺されたこともあって、その時の彼もわたしの腫れた顔、写真撮って、アップして」
早良「絶対ダメなやつじゃん」
翼「ですよねー。あと」
慎森「（苦笑し）まだあるんですか」
翼「わたし、東京来てずっとホテルで清掃の仕事してるんですけど」
慎森「（え、まさか、と）」
翼「二年前から毎日顔を合わせてるお客様がいらして、そのたびに、いってらっしゃいませ、おかえりなさいって挨拶してたのに、一度も返事してもらったことなくて」

美怜「ひどいね、その客」
慎森「……」
翼「でもわたし、いつの間にかその人のこと好きになってて、最近はじめて外で会ったんですけど、その人、わたしの顔、まったくおぼえてなかったんですよね」
早良「え、二年も会ってたのに？」
美怜「最悪だね」
翼「ですよねー」
慎森「……」
　鹿太郎と八作、そんな慎森を察して。
八作「大丈夫ですか？」
慎森「(焦りを誤魔化し、餃子を見て) 名前、どうしようかな」
美怜「(翼に) ダメな男トレーディングカード作れそうだね」
翼「作れます。ファイルケース、トレカでパンパンなります」
慎森「そうかなあ？　最初の二人はともかく、最後の人はダメな男トレカにはならないんじゃないですか」
美怜「普通になるでしょ」
早良「何だったらプレミアつくね」
慎森「前者二人は彼女が怪我《けが》してるのに優しさが足りなかった。でも三人目の人は、ただ顔おぼえてなかっただけですよ」
早良「いやいやいや、三人目が一番ひどいよ、人から透明人間にされることほど悲しいことはないから」
美怜「その人はきっと自分だけが好きなんだろうね」

慎森の餃子の包み方が雑になっていく。
八作「中村さん、包み方に乱れが」
慎森「違うと思うな。その人は別に無視してたわけじゃなくて、単に、人に不器用なんだと思います」
美怜「いやいや、なめんなよ。優しければちゃんと伝わるから、器用だろうと不器用だろうと」
早良「そこで不器用利用したら不器用がかわいそう」
美怜「無視するとか最低」
慎森「……」
慎森、包んだ餃子を置く。
ひどい有様の餃子で、鹿太郎と八作、……。
翼「わたしって、人を見る目ないんですよね」
翼の肩を抱く早良と美怜。
鹿太郎「餃子ってもっと和気あいあい作るものじゃなかった？　テレビでも観ましょうか（と、リモコンで点けると）」
爆音と共に点くバラエティ番組。
びっくりする一同。
鹿太郎が慌てて落としたリモコンを八作が拾って消す。
鹿太郎「ごめんなさい……」
美怜「ま、でもわたしも人を見る目ないかも。最近もさ……」
鹿太郎「（え、と）」
美怜「この人だったら新しい恋が出来るかもって思ったんだけど、間違ってたみたい」
翼「トレカ案件ですね？」

鹿太郎「トレカ案件じゃないよ」
美怜「ぱっと見、優しい人で、いつもデレデレしてくれるから、この人いいかもって振り向いた途端、僕なんかって言って急に距離置いてきたんだよね」
鹿太郎「餃子包むか女子会するかどっちかにしません？」
翼「そういう人って、誰でもいい人なんですよ」
美怜「誰でも？」
翼「普段モテない人って、ちょっと構ってもらっただけで、妄想膨らむじゃないですか」
早良「わかる。でも妄想しかないから、相手が実体化した途端、逃げるんだよね」
翼「そういう人がしたいのは恋愛じゃなくて、恋愛ごっこなんですよね」
鹿太郎の包み方が雑になっていく。
八作「佐藤さん、包み方に乱れが」
鹿太郎「いや、どうでしょう。その人はロマンチストなだけなんじゃないでしょうか」
翼「あーロマンチスト最悪。そういう人ってロマンはご飯だと思ってるんですよね。でもロマンはスパイスなんですよ、主食じゃないんだな」
鹿太郎、包んだ餃子を置く。
ひどい有様の餃子で、慎森と八作、……。
美怜「結局彼は芸能人としてのわたししか見てなかったのかな」
鹿太郎「違います、そうじゃないです（と、手を伸ばす）」
美怜「片栗粉付いてる手で触らないで（と、振り払う）」
鹿太郎の餃子が弾き飛ばされ、テーブルに落ちる。
鹿太郎「ルル……！」
鹿太郎、落ちた餃子を慌ててお皿に戻す。

早良「ま、でも二人はわたしに比べたら全然ましだよ」
八作「……（淡々と包み続ける）」
翼「トレカ案件ですね？」
美怜「いい恋愛してそうだけど」
早良「ほら、ちょっと余裕があって、一緒にいて楽な人っているでしょ？　しかもこっちの話を何時間でも口挟まずに聞ける人」
翼「最高じゃないですか」
早良「って思ってたんだけど、そういう人って結局、人のことをただ面倒くさがってるだけなんだなって」
八作「（淡々と包み続けていて）」
早良「その人が優しいのは、優しくしておけば面倒くさくないからなんだよ。一緒にいて楽しいのは、その人にとって、人間関係はサービスでしかないから」
翼「なるほどー」
八作「（淡々と包み続けていて）」
鹿太郎「（八作を心配そうに見て）大丈夫ですか？」
八作「何がですか？」
慎森「田中さん、具入れないで包んでますよ」
具のない餃子が並んでいる。
八作「……」
美怜「ふっと気付くんだよね。あ、この人は会話してるんじゃなくて、わたしが話しやすいところにボール返してるだけなんだって」
翼「そういう人って、一緒にいる時は楽しいけど、ひとりになった時に淋しくなるんですよね」

美怜「いい恋愛って、二人の時だけじゃなくて、ひとりでいる時も楽しくなるものだもんね」
早良「そっちが勝手に好きになったんでしょ、僕は関係ないからさ、って思ってるんだよ」
八作「ごめんなさい」
早良「謝っとけば、話打ち切れると思ってる」
八作「……（と、包む）」
鹿太郎「田中さん、具」
慎森「いや、その人はただ、自分を上手く出せないっていうか、上手く言葉に出来ないだけで……」
美怜「はい出た、言い訳の第一位、言いたいことの半分も言えなかった」
翼「言えたことですよ、言えたことだけが気持ちなんですよ」
落ち込む八作、包んだ餃子を置く。
ひどい有様の餃子で、慎森と鹿太郎、……。
慎森「いや、自分が好きで何でダメなんですか」
鹿太郎「ロマンチストの何がダメなんですか」
八作「人間関係にサービスは大事だと思います」
早良「じゃ聞くけどさ、もし自分がもうひとりいたら、その人のことをどう思う？」
慎森、鹿太郎、八作、え？ と。
翼「中村さん、自分と付き合いたいと思います？」
美怜「佐藤さん、自分と付き合いたいと思う？」
早良「あなたはあなたと付き合いたいと思う？」
いつの間にか正座している慎森、鹿太郎、八作、……。
早良「想像してみて、自分と付き合ってる自分を」
苦痛に歪む三人の顔。

12　しろくまハウジング・オフィス

大テーブルを囲んで、相変わらず各自でパソコンを見ながら予算の削減が出来るところを探しているカレン、頼知、悠介、羽根子、諒、社員たち。

羽根子「残り、三千二百三十八万円です」
諒「見つけました。ありました（と、打ち込む）」
羽根子「八百二十円削減出来ました」

全員、……。

カレン「やっぱりここ切るしかないですよ（と、打ち込む）」
羽根子「二千六百二十万円、カット出来ました」
頼知「そこはダメだって言ってるじゃん（と、打ち込む）」
羽根子「二千六百二十万円、復活しました」
カレン「この際、デザインの遊びは捨てていいんじゃないですか」
頼知「遊びじゃないよ、命がけでやってるんだよ」
カレン「仕事の場で命がけとか、僕ってかわいそうアピールやめてもらえますか？」

怒った頼知、建築模型を摑《つか》んで、床に叩きつける。
模型のドーム部分のゴムでぼよーんと跳ねて、カレンの腕におさまった。
全員、わあ、と思う。

カレン「社長が設計部出身だから甘えてるんじゃないですか」
頼知「だったらあなたが社長やったら？」
カレン「いつだってやりますけど？」

二人以外は今起こったことにざわざわしている。

13　ハイツ代々木八幡・大豆田家の部屋

リビングテーブルにいる早良、美怜、翼、ホットプレートの蓋を開けると、餃子が焼けている。
台所の床にしゃがんでいる慎森、鹿太郎、八作、箱に詰まった調味料をひとつずつ見ながら。

美怜「やったね、羽根出来てるよ、羽根」
八作「防戦一方ですね」
鹿太郎「あそこまで言われなきゃいけないもの？　僕には確かに、女優さんと、っていう下心はあったけど、彼女だって僕の下心を利用してたわけですよ。（八作に）君だって、向こうがグイグイ来るから断り切れなかっただけでしょ。ドンと言い返そうよ」
八作「余計大変なことになりますよ」
鹿太郎「そういうことなかれな態度も指摘されてたよね」
八作「そうでした」
鹿太郎「次はこっちの番だ」
慎森、ラー油を見つけて、手にしながら。
慎森「彼女はどう思ってたんでしょ」
鹿太郎「うん？」
慎森「ひとりでトレカ三枚取っちゃった大豆田とわ子です」
鹿太郎、八作、……。
慎森「僕たちがさっき指摘されたようなこと、彼女から責められたことありました？」
鹿太郎「無いね」
八作「無いですね」
慎森「こんなダメな三人なのに、彼女はそこを怒らなかった」

鹿太郎・八作「(うん、確かに、と頷く)」
慎森「僕たちは大豆田とわ子に甘えてたんです」
鹿太郎・八作「(うん、確かに、と頷く)」
慎森「このままじゃいけないと思います。もっと相手と向き合うべきなんじゃないでしょうか」
鹿太郎「……それはつまり、(リビングの方を)彼女たちの思いを受け止めるってこと?」
慎森「場合によっては」
鹿太郎・八作「……」

×　×　×

焼き上がった餃子を見ている慎森、鹿太郎、八作、早良、美怜、翼。

鹿太郎「(餃子を示し)これは、お腹痛い時の中村さんですね」

八作「これ、寝起きの佐藤さんです」

慎森「化石として発見された田中さん」

苦笑する一同、手を合わせて。

全員「いただきまーす」

翼、醬油を取ろうとすると、慎森が先に取り、翼の小皿に注いであげる。

慎森「(微笑みかけ)どうぞ」

美怜、お箸を落としてしまう。

鹿太郎、拾ってあげて、予備の箸を渡して。

鹿太郎「(微笑みかけ)どうぞ」

食べている早良の口元にタレが付いている。

慎森と鹿太郎、両側から八作を肘打ちし、早良の口元を拭いてあげなさいと目配せする。

八作、困惑しながらティッシュを手にし、早良の口元を拭いてあげる。
微笑む慎森、鹿太郎、八作。
早良、美怜、翼、……。

早良「でも、ま、そうだね、わたしたちもわたしたちだよね」
美怜「わがままだったよね」
翼「反省してます」
慎森、鹿太郎、八作、安堵し。
美怜「佐藤さんはどうしてわたしが佐藤さんを好きになったのかわかってます？」
鹿太郎「そんなことありませんよ。まさかこんな素敵な人が僕に、だったものだから」
鹿太郎「え……」
慎森「真面目なところじゃないですか」
美怜「違います。佐藤さんが色っぽいからですよ」
鹿太郎「え……僕は色っぽくなんかないと思いますけど」
美怜「(早良に) 色気あるよね」
早良「うん、ある」
美怜「自分で気付いてないんだよね」
鹿太郎「(照れて) ……」
翼「中村さんも自分の魅力に気付いてないんですよね。中村さんは、笑顔が素敵なんです」
慎森「え……」
翼「エレベーターで一緒になった時、赤ん坊をだっこしたお父さんがいらしたんですよね。その時見たんです、中村さんが赤ん坊ににこっと微笑みかけるのを」
美怜「へー、そういう意外性っていいよね」

翼「本人は気付いてないみたいですけど」
慎森「（照れて）……」
早良「（八作を見て）どこだと思います？」
八作「（え、と）……」
早良「どうしようかな、教えようかな」
薄く微笑む早良、美怜、翼。
よくわからない慎森、鹿太郎、八作。
その時、インターフォンが鳴った。
全員、ん？　と振り返る。

14　近くの通り

慎森、鹿太郎、八作、早良、美怜、翼がぽかんと見守る中、幾子《いくこ》が選挙カーの助手席にまだ寝ぼけている旺介を押し込むようにして乗せた。
鹿太郎「あの、とわ子さんと唄ちゃんは」
幾子「唄ちゃんは彼氏んとこでしょ。とわ子さんは、も、そうなんじゃない？」
幾子、運転席に乗って、スマホを見る。
寝ぼけた顔で餃子の前に座っている旺介の写真。
走り去る選挙カー。
全員、顔を見合わせて、じゃあ、またといった感じになって。
美怜「わたし、タクシー拾うんで」
鹿太郎「じゃ、そこまで」
翼「わたし、こっちなんで」

慎森「じゃ、途中まで」

　ごちそうさまでした、おやすみなさいと口々に告げ、歩いて行く慎森と翼、鹿太郎と美怜。

　残った八作と早良。

八作「店戻って、ちょっと飲みます？」

早良「（去って行くみんなの後ろ姿を見ていて）……」

八作「二人共、ちゃんと向き合うって言ってました」

早良「もう遅いよ」

八作「（え、と）」

早良「どこを好きだったかを教えるのは、もうその恋を片付けるって決めた時だよ。せっかく自分だけが見つけた秘密だったたんだから」

八作「……（と、振り返る）」

　歩いて行く慎森と翼、鹿太郎と美怜。

15　井ノ頭通りあたり

　通りに出て来た美怜と鹿太郎。

鹿太郎「タクシー、拾いますね」

　美怜はスマホを見ている。

鹿太郎「（その横顔を見つめ）美怜さん……」

美怜「この間一緒にいる時、撮られた写真なんだけど」

鹿太郎「（前向きな思いで話そうと）あれは……」

美怜「事務所に頼んで止めてもらった。誤解だったとわかってもらえたから、掲載もないって」

鹿太郎「あ……そうですか……」

美怜「カメラ持ってる？」
　鹿太郎、アナログのカメラを出す。
　美怜、髪をさっとかきあげて。
美怜「撮って。佐藤さんの最高傑作」
鹿太郎「いや、撮るんだったら、もっとちゃんとした時に、もっとちゃんと……」
美怜「今。今撮って」
鹿太郎「……はい」
　鹿太郎、カメラを構え、ファインダーを覗く。
美怜「どんな顔すればいい？」
鹿太郎「……僕を見てください」
美怜「うん、鹿太郎さんを見るね」
　美怜、見つめる。
美怜「忘れようとしたよ。でも逆に思い出しちゃうんだよ」
鹿太郎「俺だって逆に君のこと好きになってたんだ」
美怜「だったら逆行かずにこっち来てよ」
鹿太郎「（頷き）逆の、逆行く」
　鹿太郎、見つめ返し、素直にシャッターを切った。
鹿太郎「撮りました」
　鹿太郎、カメラを見て、顔を上げて。
鹿太郎「もう一枚……」
　しかし美怜は既に通りに出て手を挙げ、タクシーを停めた。
鹿太郎「え……美怜さん」

美怜「お疲れさまでした」
美怜、乗り込み、ドアが閉まって走り去った。
鹿太郎「（え、と見送って）……」
美怜の真意を予感しはじめている鹿太郎。

16　公園

バスケットゴールの下、翼、ドリブルして、慎森にパスをする。
慎森、シュートするが、外れた。
翼「あーあ、成長しませんね」
慎森「（やれやれと微笑《わら》って）今度教えてくれるかな？」
翼「どうしようかなあ」
慎森「明日からは廊下ですれ違ったら挨拶するから」
翼「わたし、あのホテルもう辞めたんです」
慎森「え……」
翼「地元帰って実家継ぐことにしました。うち、浜名湖《はまなこ》で温泉旅館やってるんで」
慎森「本当に？」
翼「東京でやりたいこと探してたんですけど、もうやめにします。グリーン車乗って帰って、社長になります」
慎森「……え、それは本当？　嘘？」
翼「（微笑って）どっちでもいいんじゃないですか。自己紹介っていります？」
慎森「（苦笑）」
翼「じゃあ（と、軽く手を挙げて）」

翼、行こうとする。

慎森「ちょっと待ってよ……」

翼「そんなんじゃダメ。一番いい笑顔でいってらっしゃいって言ってください。わたし、無視するんで」

慎森「……（首を傾《かし》げながら笑顔で）いってらっしゃい」

翼「（ため息をつき）無視する価値もない」

慎森「（つい微笑って）」

翼「（見つめ、それ、と頷く）」

慎森「（え、と）……」

翼「（待って）」

慎森、翼の思いを汲み取って、顔を上げて。

慎森「（笑顔で）いってらっしゃい」

翼、すっと真顔になって、慎森を無視するように脇を通って、歩いて行く。

慎森、呆然として立ち尽くしていると。

翼の声「行ってきます」

慎森、はっとして振り返ると、笑顔で手を振る翼。

翼「行ってきます」

踵《きびす》を返し、走って行く翼。

慎森「（後ろ姿を見送って）……」

17 『オペレッタ』近くの通り

歩いて来る早良と八作。

早良「片思いを長引かせないのが楽しく生きるコツだもん」
八作「そっか……」
早良「わたしはグズグズしちゃう方だけどさ。ひとりで楽しくなる才能ないし」
早良、立ち止まって、ガードレールなどに腰掛けて。
早良「もう一回だけ聞くけどさ、わたし、どうだろ」
八作「……」
早良「わたしと付き合ったら絶対楽しいと思うよ。彼にいいことがあったら、わたし、関係なくても、嬉しくなる方だし。彼にむかつくことがあったら、わたしも一緒に怒るし。ご飯すごい食べるよ。何でも美味《おい》しく食べる。運転出来るし、地図見るのも得意。キャンプ行くのも家でゴロゴロするのもどっちも好きだし。喧嘩はたまにするけど、仲直りは得意だから、長く一緒にいられる。絶対面白い、一緒にいたら絶対幸せ。こんな最高の恋人、どこ探したっていないよ……今逃がしたら一生後悔すると思う。何年かして街ですれ違ったら、あの子、俺のこと好きだったんだな、失敗しちゃったなって思う。出来る？　悔しい顔。最高に悔やんでる顔してくれなきゃ怒るよ」
八作、早良の思いを推し量りながら。
八作「出来る。すごく悔しいと思う」
早良「あ、そう、悔しい？」
八作「うん、何であの時って思うと思う。悲しくて、つらくて、悔しくて、一生後悔すると思う」
早良「（微笑って）それは楽しみだな、その顔見るの」
また歩き出す早良、八作。
早良「コンビニ寄ってアイス奢ってくれる？」
八作「うん」

18　通り

ひとり歩く慎森。

19　別の通り

ひとり歩く鹿太郎。

20　レストラン『オペレッタ』・店内

帰って来た八作。
ホールの照明も点けず、椅子に腰を下ろす。

21　しろくまハウジング・オフィス

大テーブルを囲んで、相変わらず各自でパソコンを見ながら予算の削減出来るところを探しているカレン、頼知、悠介、羽根子、諒、社員たち。

頼知「わかりましたよ、わかりました（と、打ち込む）」
ボーダーラインの数値が「0円」になった。

羽根子「目標値に達しました」
おお！　と顔を上げる一同。
その時、六坊が来て。

六坊「残念ながら、社長同士の話し合いは決裂したようだ」
全員、え……、と。

六坊「契約は白紙に戻すと、先方から連絡が来た」

頼知「いや、今ようやく……」
カレン「社長は？　社長はどこにいるんですか？」
六坊「（わからないと首を振り）会談を打ち切って、退席したらしい」
悠介「（苦笑し）え、逃げたってことすか」
全員、不信感を持って社長席の方を見て、……。

22 レストラン『オペレッタ』・店内

片付けを終えた八作、ごみ袋を提げ、出て行こうとした時、スマホのバイブ音が鳴った。

八作、メッセージ着信の画面を見る。

読んで、止まる。

理解出来ず、スマホを持った手を一旦下ろす。

もう一度画面を見る。

咄嗟《とっさ》に動こうとして、椅子を倒してしまう。

倒れた椅子を見つめ、スマホに目を戻し、アドレス帳から番号を呼び出し、かける。

音声案内の声「ただいま電話に出ることができません。しばらくたってからおかけ直しください」

八作、切って、もう一度かける。

音声案内の声「ただいま電話に出ることができません……」

23 『オペレッタ』近くの通り

自転車を押しながら出て来る八作。

乗って、走りはじめる。

24　通り

自転車に乗って走っている八作。

音声案内の声「ただいま電話に出ることができません。しばらくたってからおかけ直しください」

25　コンビニエンスストア・店内

自転車を停め、店に入る八作。
見回し、棚の前に行き、ストローを手にする。
また別の棚に行き、ホッチキスを手にする。
また別の棚に行き、女性ものの靴下を手にする。

音声案内の声「ただいま電話に出ることができません。しばらくたってからおかけ直しください」

26　大通り

車の行き交う脇の道を自転車で走る八作。

音声案内の声「ただいま電話に出ることができません。しばらくたってからおかけ直し……」

27　病院近くの通り

自転車で走って来た八作。
病院の看板が見える。

28　病院・夜間通用口～廊下

夜間通用口を入って来た八作。

廊下を進もうとすると、自販機の前に立っている唄がいた。
自販機のボタンを見たまま止まっている。
八作、傍らに行くと、唄、気付いて。
唄「……あったかいお茶をさ、買いたいんだけどさ」
八作、代わりにボタンを押して、出て来たお茶を唄の手に持たせる。
八作、唄の手が震えているのを見て、抱きしめる。

29　病院・廊下

薄暗い中、歩いて来る八作。
医師が話し、看護師がメモをしている横を通る。
医師「心筋梗塞」
八作、その言葉が耳に入りながら歩いて行くと、長椅子にとわ子が座っている。
八作が傍らに立つと、とわ子、気付いて顔を上げ。
とわ子「すぐわかった？」
八作「うん」
とわ子「早かったね」
八作「自転車で来た」
とわ子「（そう、と）」
とわ子の膝に、かごめが着ていたパーカーがある。
八作、隣に座って、ポケットから買ってきた靴下とストローを出して、渡す。
とわ子「百本入り（と、薄く微笑んで）ま、そうなるか」
八作、反対のポケットからホッチキスを出し、包みから出してとわ子に渡す。

とわ子「これこれ。ありがとう」
　とわ子、膝の上でパーカーを広げる。
　紐が片方から出ていて、一方が抜けている。
とわ子「紐がさ、抜けちゃったって言ってたからさ」
八作「うん」
　とわ子、パーカーの紐を全部抜く。
　紐の先をストローの口に差し入れる。
　八作、ストローの端を持ってあげて。
八作「そうやってやるんだ」
とわ子「豆知識でしょ」
　とわ子、ホッチキスでストローに差した紐を留める。
　パーカーに紐を留めたストローを差し込んでいく。
八作「すごいね」
とわ子「考えた人はね」
　八作、持ってあげていて、とわ子、紐を通し終えた。
　とわ子、紐を引っ張って、同じ長さに揃えながら。
とわ子「（紐の長さを見せて）どう？」
八作「うん」
とわ子「よし」
　とわ子、パーカーを畳んで。
とわ子「ここで待っててって言われたんだけどな」
　とわ子、振り返り、霊安室と書かれたドアを見る。

とわ子「いいのかな」

　立とうとして、また座る。

とわ子「もうちょっと待とうかな」

　また紐の長さを直しはじめる。

　八作、とわ子の手を握る。

　とわ子、パーカーを見たまま。

とわ子「ひとりで死んじゃったよ。ひとりで死なせちゃったよ」

　八作、とわ子の手を強く握る。

　看護師が来た。

　立ち上がるとわ子と八作。

N「友達を亡くした今週、こんなことが起こった」

30　セレモニーホール・前（日替わり）
　歩いて来るとわ子。

　親戚たちがいて、どうもどうもと挨拶する。

N「実家で葬式をされたくないという奴の願いを叶えることはさすがに出来なかった。まあ、無理もない」

31　同・応接室
　とわ子、かごめの親戚たちと共にパンフレットを見ながら葬儀会社の職員の説明を受けている。

N「その分、潜り込むことには成功した大豆田とわ子」

　端の方からしっかり聞いているとわ子。

Ｎ「お葬式って決めなきゃいけないことがたくさんある」
カタログを見て祭壇の花を選んでいる親戚たち。
とわ子、あれあれと思い、横から必死に覗き込む。
Ｎ「あー違う違う、そういう感じの花は好きじゃなかったんだよと思う大豆田とわ子」
とわ子、身を乗り出して、話に入って行き、違う花にすることを提案する。
テーブルに膝が乗っている。

３２　おしゃれな花屋・店内（日替わり）

とわ子、花を示しながら店員に相談している。
Ｎ「お花の担当は任せてもらえた」

３３　同・店の外

出て来たとわ子、歩き出しかけて、ふと思い出す。
Ｎ「そういえば、暗い音楽が何より嫌いだった奴にも、お気に入りの曲があった」

３４　中古レコード店・店内

店員がレコードをプレイヤーにかけ、聴かせてもらっているとわ子。
違いますと首を振り、鼻歌を歌う。
Ｎ「曲名がわからないので、鼻歌でしか再現出来ない」
×　×　×
夜になって、店員は既に居眠りしており、とわ子、自分でレコード盤に針を落とす。

あ、あ、これだこれだ、と思う。
N「消費税込みの二百二十円。奢ってやった」
35　ハイツ代々木八幡・大豆田家の部屋（日替わり）
喪服に着替えているとわ子。
唄がファスナーを閉めようとするが、結構きつい。
N「数ヶ月前には入った喪服が入らない大豆田とわ子。少々食べ過ぎたかな」
36　葬儀会場・前の通り
荷物を両手に提げて、唄と共に歩いて来るとわ子。
N「わたしの葬式なんてどうせ雨降りだと奴は言っていた。めっちゃ晴れた」
空を見上げると、快晴。
とわ子「やったね。ざまあみろ」
37　同・廊下
スピーカーとアンプなどを持ったとわ子、折り畳みテーブルを運ぶ喪服の慎森、鹿太郎、八作に。
とわ子「こっちこっち、あー後ろ気を付けて」
案内していくと、旺介と幾子が来た。
とわ子「あのさ、奥に控え室あるからさ、行ってて」
38　同・ホール手前
歩いて来るとわ子と唄。

葬儀の表示があって、行こうとすると。

唄「あれ、数珠は？」

とわ子「あー、洗面所だ」

慌てて引き返すとわ子。

39　同・控え室

お寿司を食べている親戚たち。

とわ子、お茶を注いで回ったりしている。

小さい子が食べようとしているのを見て。

とわ子「あ、それわさび入ってるから、こっち食べな、はい」

40　同・車寄せ

霊柩車が出発しようとしている。

親戚たち参列者の端の方に紛れて立っているとわ子、慎森、鹿太郎、八作、唄。

とわ子はじっと霊柩車を見つめている。

慎森、鹿太郎、八作、そんなとわ子を気にしている。

霊柩車がクラクションを鳴らした。

小さく息を飲むとわ子。

走り出す霊柩車。

参列者が静かに見送っている中。

とわ子、ふいに叫ぶ。

とわ子「かごめ！」

慎森、鹿太郎、八作、……。
走り去る霊柩車。
見送っているとわ子。

N「十五時に葬儀が終わって、会議があるので出社した」

41 しろくまハウジング・オフィス

会議に出席しているとわ子。
設計図を示しながらクライアントに説明をしている。

N「なかなか上手くやれたと思う」

42 かごめのアパート・部屋（夜）

買って来たお花を持って入って来るとわ子。
照明を点け、靴を揃えて部屋に上がる。
きちんと片付いている。
台所で花瓶に花を活《い》ける。
冷蔵庫を開け、残った食材をチェックし、うーん、どうしようかなと考える。
ありあわせのもので炒め物をする。
お皿に盛り付ける。
出来上がった料理を持って、机の前に行く。
机には、漫画の原稿がきちんと揃えて置いてある。
空野《そらの》みじん子《こ》の名前のある表紙を見つめる。
とわ子、作った料理を食べながら、原稿をめくり、読んで、ふふっと微笑う。

読み終え、食べ終え、既にお皿も洗ってある。
とわ子、原稿をきちんと揃え、封筒に入れる。
宛先には出版社の名前と、公募の係が書いてある。
のりで封筒を閉じようとして思い直し、もう一度漫画を出し、読みはじめる。

43　回想

小学生の頃のとわ子とかごめ、こたつに入って、一緒に漫画を描いている。

小学生のかごめ「車描くの難しいよね。熊にしない？」
小学生のとわ子「熊に乗って会社行く人いる？」
小学生のかごめ「ねえ、熊がいい、熊にしようよ」

×　×　×

とわ子の部屋の台所にて、料理をしながらワインを飲んでいるとわ子とかごめ。

かごめ「もらいものだったから、全然見てなくて」
とわ子「出汁《だし》の素と温泉の素、間違えて入れる人はいないよ」
かごめ「逆じゃなくて良かったよね、味噌汁に温泉の素だったら」
とわ子「（かごめを匂って）絶対出汁の匂いしてるんだけど」
かごめ「嘘でしょ、（自分を匂って）ほんとだ、出汁の匂いだ」

笑う二人。

44　郵便局の前

歩いて来るとわ子、ポストの前に来る。

原稿の入った封筒を出し、投函した。

うん、と思って、歩いて行く。

N「家に帰ったらまたお腹が空《す》いたので、お茶漬けを食べた。美味しかったけど、わさびを入れすぎたかもしれない」

45 代々木公園（日替わり）

ラジオ体操のグループの中、体操しているとわ子。

N「で、これ、一年後の大豆田とわ子」

体をねじる運動のところがみんなと合わない。

N「体をねじる運動のところが、いまだみんなと合わない」

体を回す運動になるが、それもみんなと合わない。

ふと横を見ると、とわ子と同じ方向に回っている人がいた。

ジャージ姿の、小鳥遊大史。

とわ子、もう一度回る。

大史も同じ方向に回った。

目が合った。

二人、なんか照れて、あ、どうも、あ、どうも、と。

体操を続けるとわ子、振り返ってカメラを見て。

とわ子「大豆田とわ子と三人の元夫。また来週」

大史のことをちらっと見る。

第6話終わり

第7話

1　ハイツ代々木八幡・大豆田家の部屋

とわ子、リビングにて、盛りだくさんなフルーツサンドを嬉しそうに食べようとしている。

N「これ、フルーツサンドを食べる大豆田とわ子」

とわ子、大きく口を開けてかじろうとしたら、中のフルーツが全部ごそっと滑り落ちた。

皿に落ちたフルーツを摑んではパンの上に戻す。

かじろうとしたら、また落ちた。

戻して、もう一度かじろうとしたら、また落ちた。

戻して、もう一度かじろうとしたら、また落ちた。

フルーツを皿に盛って、フォークで刺して、パンと別々に食べているとわ子。

N「これ、パンとフルーツを食べている大豆田とわ子」

美味しそうに微笑むとわ子。

とわ子「どうせお腹に入ったら同じだしね」

部屋ががらんとしている。

独り言だった。

N「最近、娘が家を出た」

2　回想、ハイツ代々木八幡・大豆田家の部屋（夜）

唄の部屋、荷物を整理し、段ボールに詰めている唄。

パスタを二皿持って、その様子を見ているとわ子。

N「進学した高校が遠距離なため、祖父の家で暮らすことになった」

とわ子「伸びちゃうからさ」

唄「うん……（と、生返事で）」
　別の場所の片付けをする唄。
　とわ子、唄が背を向けたその隙に段ボールから荷物を出し、棚に戻す。

×　×　×

　パスタを食べようとするとわ子と唄。
　フォークをさしたらパスタ全体ごと持ち上がった。

とわ子「ほらぁ」
　二人して苦笑し、食べる。
　転出届を書きながら食べている唄。
とわ子「確かにね、確かに学校近い方が長く寝れていいよね」
唄「そうだね」
とわ子「あ、そうだ、参宮橋《さんぐうばし》からバス乗ったら四分短縮出来るわ」
唄「おじいちゃんの家からだったら四十分短縮出来るから」
とわ子「確かにね。あのあたりは落ち着いてて住みやすいし」
唄「そうだね」
とわ子「あ、そうだ、住みやすい町ってちょっと音出しただけで苦情とか来て、逆に息苦しいんだよね」
唄「別に出したい音ないから」
とわ子「確かにね。ただ、太鼓叩くとストレスなくなるし、あ、そうだ、太鼓買ってあげようか」

×　×　×

とわ子、テレビのハードディスクに録画してある番組一覧を見ながら、片付けをしている唄に。

とわ子「まだ見てないやつ、いっぱいあるね。全部消えちゃうね」

×　×　×

とわ子、パソコンで心霊スポットを見ながら。

とわ子「うわ、心霊スポットがおじいちゃんちの近くにいっぱいあるよ、うわ、うわ、うわーこわ」

×　×　×

とわ子、段ボールから枕を取り出して。

とわ子「おじいちゃんっていびきうるさいから寝れないかもな」

唄、枕を取り返して、しまって。

唄「あのさ、独立心が旺盛なのは唄のいいところだよねって言ってたよね」

とわ子「言ったよ、もちろんだよ」

唄「話し合って決めたことだし」

とわ子「もちろんだよ。納得しかない」

唄「淋しいのはわかるけどさ……」

とわ子「全然淋しいわけじゃ……」

唄「わたしは淋しいよ」

とわ子「（え、と思って）じゃあ家に……」

唄「（首を振って）ママといると、楽過ぎるんだよ。気を遣わないし、わがまま言っても受け入れてくれる。このままだと、ずっとママに甘えた子になっちゃう。わたしはもっと自分に厳しくありたい」

とわ子「……なるほど」
　唄、とわ子にハグをして。
唄「勘違いしないで。ママがちゃんと育ててくれたからわたしは自立しようって思ったんだよ。大丈夫」
とわ子「そうだね……大丈夫（と、自分に言って）」

3　回想、通り（日替わり）

　引っ越しトラックが出発した。
　幾子が運転し、助手席に旺介の乗っている車の後部座席に乗り込む唄。
　見送るとわ子。
旺介「唄ちゃんに演説してもらったら、おじいちゃん、次は当選しちゃうな」
とわ子「そんなことさせたら許さないよ」
幾子「じゃあ行きますね」
唄「また遊びに来るから」
とわ子「遊びにって……」
　走り出す車。
とわ子「あ、枕カバーの予備って……」
　行ってしまった。
　見えなくなっても、笑顔で手を振るとわ子。

4　現在に戻って、ハイツ代々木八幡・大豆田家の部屋

　フルーツとパンを食べ終わったとわ子。

N「久しぶりのひとり暮らし」

×　×　×

とわ子、新しいおしゃれな日用品を買ってきて、設置し、テーブルに花を飾る。

N「これからは丁寧な暮らしをしよう。と思った矢先にインターフォンが壊れた」

調子っぱずれな音が鳴るインターフォン。

とわ子、うーん？　と。

×　×　×

とわ子、プレートごはんの写真を撮る。

N「匿名でSNSもはじめてみた」

写真投稿系SNSの画面に、日用品、花、料理などの淡い色合いの写真が並ぶ。

×　×　×

とわ子、パジャマ姿で卵かけご飯を食べている。

SNSの画面いっぱいひたすら卵かけご飯が並んでいる。

N「すぐに飽きたけど、卵と醬油のベストなバランスを発見した」

うん、これだ、と思うとわ子。

N「ひとりで食べるご飯だって美味しい」

×　×　×

とわ子、スマホの、ペットを飼うアプリをしている。

N「おそるおそるペットを飼いはじめた」
とわ子「はーい、よしよし、ご飯食べますか？　どうぞー」
N「楽しみ方もわかってきた」

×　×　×

夜で、網戸が外れたまま、立てかけてある。

ソファーで数学の問題を見ながら欠伸《あくび》をするとわ子。

N「リビングで寝ることが増えた」

毛布を引き上げ、眠ろうとするとわ子。

N「人から文句言われる筋合いないし、自分を甘やかすって時には大事。ずっとこんな感じでいいかも……」

テーブルの片隅に小さなガラスの柱が置いてある。

N「ね」

見つめながら目を閉じるとわ子。

5　代々木公園（日替わり、朝）
ラジオ体操をしているとわ子。

体をねじる運動のところがみんなと合わない。

横を見ると、同じくジャージ姿の大史がおり、とわ子と同じ方向に回っている。

みんなを見て首を傾げて、なんとか合わせようと試みている大史。

とわ子、見ていて、ふふっと微笑う。

N「毎日を満喫しはじめた大豆田とわ子、そんな矢先のこと」

×　×　×

ラジオ体操が終わって、みんな帰った後。

とわ子、水筒のお茶を飲んでいると、向こうにあるベンチで大史が持参したお弁当を広げている。

その時、風が吹き、大史の傍らに置いてあった書類が舞い上がり、飛んでいく。

慌てて拾って回る大史。

とわ子も拾いに行ってあげる。

とわ子、書類を何枚か拾って、ふと見ると、どれも中国剰余定理の複雑な数式が書かれてあった。

むむ、これは、と思うとわ子。

N「謎の数式を持ち歩く謎の男Xとの出会いではじまった今週、こんなことが起こった」

6　**今週のダイジェスト**

悠介から食べ方を警告され、クロワッサンを持ったまま停止しているとわ子。

N「クロワッサンをこぼさずに食べるように指示されて思考停止する大豆田とわ子」

×　×　×

会社に訪れた眼鏡を下げてかけている若木《わかぎ》英輔《えいすけ》（38歳）と対峙し、話しているとわ子。

N「そのかけ方、眼鏡いらないんじゃないか、って人から会社を乗っ取られそうな大豆田とわ子」

×　×　×

屋上にて、慎森と共に夜景を見ながら紙コップでワインを飲むとわ子。

N「元夫と夜景を見ながら紙コップでワインを飲む大豆田とわ子」

×　×　×

川縁にて、大史と並んで腰掛け、話しているとわ子。
大史の手が差し出すハンカチを受け取るとわ子の手。

N「謎の男からハンカチを借りる大豆田とわ子」

7　代々木公園

N「そんな今週の出来事を、今から詳しくお伝えします」

とわ子、数式の書かれた書類を大史に手渡す。
大史、近眼なのか、顔を紙に近付け、確認して。

大史「ご親切にどうも」

とわ子「いえ」

とわ子、会釈し、そそくさとその場を離れる。
なんとなく振り返ると、また嬉しそうにおにぎりを食べている大史。
あの人、何者!?　と思いつつとわ子、カメラを見て。

とわ子「大豆田とわ子と三人の元夫」

○　タイトル

8　銀行・応接室（日替わり）

融資の依頼に来ており、貸し渋っている融資担当者を説得しているとわ子とカレン。

担当者「住宅は頭打ちですからね」

カレン「いや、この数字を見ていただけますか。イベント事業の設計施工に拡大してきた結果が出てるんですよね」

とわ子「（その口調の強さに、カレンを見る）」

カレン「え、わかりません？（と、身を乗り出して）」

お茶がこぼれて、とわ子のスカートにかかる。

N「打ち合わせ中、うっかりお茶こぼれて」

×　×　×

行員たちが十人ぐらい集まって、とわ子の服を拭いたり、対策を練っていて、恐縮しているとわ子。

N「十人ぐらい集まってしまって、恐縮したけど、それは社長、大豆田とわ子に起こった災厄の、まだまだほんの前兆にしか過ぎなかった」

9　しろくまハウジング・通路

戻って来たとわ子とカレン。

カレン「クリーニング代出します」

とわ子「（微笑って首を振り）それよりもう少し柔らかく話した方がいいね。最近寝てる？　ちゃんと休みなよ」

悠介が少し重い表情で歩み寄って来て。

悠介「社長、ちょっといいですか？」

Ｎ「城久間《しろくま》悠介はこのしろくまハウジングのオーナーの息子」

連れ立って行くとわ子と悠介を見ているカレン。

１０　同・オフィス

社長デスクにて話しているとわ子と悠介。

悠介「父が会社の株を売ろうとしてます」

とわ子「（あー、と思って）前も少しおっしゃってたけど」

悠介「先行投資してきた結果の数字が出はじめてるから、今年いっぱいは様子見てくれよって言ったんですけど」

とわ子「うん」

悠介「相手はこの外資のファンドで」

悠介、手帳を開いて、『マディソンパートナーズ』と書かれたメモを示す。

とわ子「マディソンパートナーズ」

悠介「うちは職人の会社なのに、外資の傘下になったら、合理化合理化でしろくまらしさがなくなっちゃいます」

とわ子、オフィスの方を見ると、木材ジョイントのサンプルを前に集まって、あれやこれやと試行錯誤している頼知、諒、六坊、社員たち。

悠介「六坊さんなんて真っ先にリストラですよ」

とわ子「（六坊たちを見つめ）……」

悠介、立ち去りかけて、クロワッサンを食べようとしているとわ子を見て。

悠介「あ、社長知ってます？　クロワッサンって、食べかすをこぼせばこぼすほど運気が逃げるらしいですよ」

と言って、行く。

とわ子「え……（と、クロワッサンを持ったまま停止する）」

とわ子、食べようと試みるものの怖くてかじれない。

色んな角度から試みるがやはり怖い。

11　同・通路（日替わり）

エレベーターの前にとわ子、カレン、悠介が立って、来客を待っている。

エレベーターが到着して、降りてくる若木英輔、市橋茂紀《いちはししげき》（32歳）。

目の下まで下げた感じで眼鏡をかけている若木。

とわ子、礼をし、握手の手を差し出し。

とわ子「大豆田です」

通りすがってその様子を見る慎森。

慎森「（一緒にいる諒に）誰あれ。何、あの眼鏡のかけ方。眼鏡いらないよね」

諒「うちを買おうとしてる人たちです。やばいんですよね」

慎森「（心配そうにとわ子を見て）……」

12　同・会議室

とわ子、カレン、悠介、若木、市橋、対峙している。

若木「コストを度外視した設計が目立ちます」
とわ子「当社はよいものを提供することで顧客の満足度を得て、ブランドを確立してきました」
若木「既にそんな時代ではありません。量産出来る低価格住宅に特化し、人員削減を推進すべきです」
とわ子「（一瞬ひるむが、負けず）低価格帯では大手に勝てません。当社は独自の強みを生かしたいと思っています」

13　同・オフィス

社長デスクで話しているとわ子と悠介。
悠介「（オフィスのカレンを見ながら）担当者が松林《しょうりん》さんの言い方に怒ってて、追加融資を止める話が出てるそうです」
とわ子「……松林さんのせいじゃないと思う。ありがとう」
とわ子、シナモンロールを食べようとする。
悠介「（行きかけて、それを見て）あ」
とわ子「シナモンロールだよ」
悠介「運気が逃げるのは一緒ですよ」
行く悠介。
とわ子、またも硬直し、なかなか食べられない。

14　ハイツ代々木八幡・大豆田家の部屋（夜）

とわ子、スマホで話していて。

とわ子「唄に代わって？　電話？　友達？　じゃあ、後でかけ直すけど。唄、ちゃんとご飯食べてる？　あんまり夜更かしさせないでね」
スマホを切って、置く。
調子っぱずれにインターフォンが鳴った。

×　×　×

玄関のドアを開けると、慎森が立っていて。
慎森「僕の助けが必要かと思ってね」
とわ子「どうかな、必要としてないかも。気持ちだけ……」
慎森、両手に提げた紙袋を押しつける。
とわ子「（重いのを受け止めて）何……？」
慎森「あとね、これ死んだお魚のお寿司（と、寿司折りも渡す）」

×　×　×

リビングにて、慎森の紙袋から出した大量の資料を見ているとわ子と、慎森。
とわ子「これ、全部企業買収を防いだ案件？」
慎森「うん、該当しそうなものをまとめてきた」
とわ子「え、ありが……」
慎森「お礼って、いる？」
とわ子「（苦笑し、はっきりと）ありがとう」
微笑う二人、お寿司を裏返して、ネタに醤油を付けようとしたら、剝がれて落ちた。
苦笑し、シャリの上に載せ直して食べる。
慎森「お寿司屋さんでさ、ダイエット中とか言って、ネタだけ食べてシャリ残す人いるでしょ。そのマディソンパートナーズという会社はそういう食べ方をするんだよ。安く買い叩いて、欲しいものだけ手に入れたら後は捨てる」

とわ子、マディソンパートナーズの資料（ロゴには、渦巻きのシンボルマークがある）を見る。

とわ子「欲しいもの……（思い当たって）特許」

慎森「（頷き）しろくまには木材ジョイントなどの特許がある。マディソンパートナーズには企業買収の悪魔と呼ばれてるプレイヤーがいるらしい。そいつに目を付けられたんだろうね」

とわ子「あー、不甲斐ない（と、両手で自分の頬を叩く）」

慎森「改革の最中なんだし、業績の悪化は君のせいじゃない」

とわ子「責任取るのが社長だよ」

慎森「だったら社長なんかやめてしまえばいい」

とわ子「（え、と）」

慎森「君は建築家として一流なのに、望んでもない社長業をやらされてさ、君はもっと自由に働く方が向いてるよ」

とわ子「……うん。でも、ま、やれるところまでやるって約束したから」

慎森「誰と？」

とわ子「（答えず、薄く微笑んで）これがわたしのやるべき仕事なんだよ」

慎森「（思いを理解し、頷く）わかった。法務で出来ることは何でもするから」

とわ子「（驚き）それ、言葉通りに受け取っていいの？　それとも何か新しい意地悪？」

慎森「決まってるでしょ、新しい意地悪だよ」

とわ子「（微笑う）」

帰り支度をし、席を立つ慎森。

慎森「（唄の部屋の方を見て）ひとり暮らしか。淋しいでしょ」

とわ子、玄関まで見送りに行く。

とわ子「自分こそ、ひとり暮らしじゃん。ちゃんと野菜食べなね」

慎森「僕はひとりが好きですからね。騒がしいのは嫌いだし、自分のペースで生活したいし」

とわ子「そうでした」

慎森「ま、そうじゃなかった時も、(思い返すようにし) あれはあれでね、まあ、うるさくて、面倒くさかったけど、あれはあれでね……おやすみ」

慎森、ドアを閉める。

とわ子「おやすみ……あ、野菜あるから持って帰る?」

とわ子、ドアを開けると、鹿太郎が立っていて。

とわ子「(え、と)」

鹿太郎、横にいる慎森を摑んで。

鹿太郎「え、何で? 何でこの男が部屋から出て来たの? もう唄ちゃんもいないよね? ひとり暮らしだよね? 美味しいクロワッサン持って来たんだけど (と、見せる)」

とわ子「(う、と)」

慎森「(鹿太郎を摑んで) 彼女、今忙しいんで、行きましょう」

鹿太郎、慎森に引きずられていく。

鹿太郎「いや待って待って、僕はまだお土産も渡せてないの……」

とわ子「…… (ぽかんと見送っていて)」

15 レストラン『オペレッタ』・店内

慎森と鹿太郎、押し合いながら入って来る。

鹿太郎「何をしてたの、ねえ、二人で何をしてたの」

慎森「大人がすべきことをしてただけですよ」
鹿太郎「ま、そうだよね……大人がすべきことって？」
客にサーブしているバイト、本間蒼哉《ほんまそうや》（23歳）が振り返って。
本間「こんばんは」
慎森「こんばんは」
慎森、カウンターに行き、座る。
鹿太郎、動揺しながら追いかけて来て。
鹿太郎「大人がすべきことは僕にはひとつしか思い浮かばない」
慎森「だったらそれでしょ」
鹿太郎「仕事だよね。仕事だとは思うよ。思うけどさ、一抹の不安が拭いきれない」
慎森、厨房の潤平に。
慎森「田中さん、また旅行ですか？」
潤平「ええ、なんか北の方に行くとしか聞いてなくて」
鹿太郎「あと他に大人がすることってあったっけ」
慎森「（潤平に）悩み事でもあるんですかね」
潤平「あいつそういうこと言わないんですよね」
鹿太郎「仕事だよね。うん、答え出た。他に考えられないもん。仕事だよね」
慎森「そうですよ」
鹿太郎「認められると、疑いがぶり返すなあ。君が言うと、裏があるとしか思えないんだけど」
壁にかかっている八作のギャルソン服。
慎森「（見上げ、ある予感があって）もしかしたらまだ……」

16　ハイツ代々木八幡・大豆田家の部屋

慎森から受け取った資料を見ながら、パソコンに向かって、買収対策への基本方針を書いているとわ子。

眠くて疲れて、俯《うつむ》く。

テーブルの上にあるガラスの柱を見る。

よしっと気合いを入れて、また書きはじめる。

17　しろくまハウジング・オフィス（日替わり）

打ち合わせをしていたとわ子とカレン。
終えて、カレン、行こうとすると。
とわ子「松林さん。お母さん、最近体調どう？」
カレン「おかげさまで元気です」
とわ子、バッグから小さな紙袋を出して。
とわ子「これ、バスオイル。血流良くなるらしいからどうぞ」
カレン「（一瞬戸惑いながら）ありがとうございます」
とわ子「ポカポカするよ」
カレンが行くと、入れ替わって、悠介が来た。
とわ子、はっとして、手元にあったおにぎりを示し。
とわ子「今日はおにぎりだから」

18　同・会議室

深刻な表情で席に着いているとわ子、悠介、羽根子。
羽根子、タブレットを操作して示しながら。
羽根子「当初の見積もりを上回って赤字になった工事。採算を度外視したデザイン、スケジュールの遅れからきた人件費や現場経費の加算。銀行の貸し渋りが影響した資金繰りの逼迫……うちの企業価値が下がる情報ばかりなんです」
悠介「松林さんはこれらのデータに頻繁にアクセスしていたんです」
とわ子「だからって……」
悠介「間違いありません。松林さんがマディソンの担当者と会うのを見たんです」
とわ子「……」

19　同・オフィス（夜）

既に誰もいなくなったオフィスに、とわ子とカレンだけがいる。
とわ子、冷蔵庫から缶ビールを持って来て。
とわ子「二本だけあった」
とわ子、一本をカレンに渡し、二人、段差などに腰掛け、開けて軽く缶を合わせて、飲む。
とわ子「会社で飲むビールの味がする。美味しいっていうのとはまたちょっと違うんだよね」
カレン「会社のためだと思ってやりました」
とわ子「そっかあ」
カレン「わたし、この会社も、一緒に働いてるみんなのことも好きです。最終的に、買収に応じれば会社のためになると思ってます。もっと利益を追求するべきだったんです」
とわ子「それはそうだけど、いいものを作って、その上で利益が出た方がいいんじゃないかな？」
カレン「社長が理想語ってる会社は潰れます」

とわ子「理想と現実って対立させるものじゃないと思う」
カレン「社員の生活がかかってるんです」
とわ子「マディソンに買われたらリストラされる人が出てくる」
カレン「それは能力の問題だから仕方ありません」
とわ子「……なるほど」
カレン「ま、そこは生き方の違いなんで、平行線でしょうけど」
とわ子「松林さん、あなたをしばらくの間、停職処分とします。今後は……」

とわ子、缶ビールを置いて。

カレン「わたし、辞めませんよ。この会社、良くしたいし、わたしが入れた部下だっているし。元はと言えば、一年前の契約破棄で背負った負債を返せてないからじゃないですか、あれは社長の責任じゃないですか」
とわ子「……そうだね」
カレン「……いえ、わかってますけど、あの日、社長のご友人が亡くなったことは」
とわ子「別にそれは言い訳にしてないよ」
カレン「だったら社長にはもっと頑張って欲しかったんです。ご友人がやり残した分も」
とわ子「……」
カレン「(バスオイルの紙袋を示し) 返した方がいいですか？」
とわ子「(笑って、カレンの肩を叩き) 返さなくていいよ」
カレン「ポカポカしちゃダメかと思って」
とわ子「ポカポカは別だよ (と、苦笑)」

20　通り

疲れた様子で帰宅するとわ子。
通りにオペレッタの案内看板が出ているのが見えた。
とわ子、……。
急ぎ足でその場から立ち去ろうとする。
向こうから友人らしき二人組の女性が歩いて来る。
女性A「馬鹿じゃないの」
女性B「あんたこそ馬鹿でしょ」
などと悪態つきながらも仲良さそうな二人。
すれ違って行くとわ子、……。

21　ハイツ代々木八幡・大豆田家の部屋

ソファーに横になって眠るとわ子。
またテーブルの上のガラスの柱を見つめながら、目を閉じる。
N「その夜もソファーで寝た。明日は決戦の日だ」

22　しろくまハウジング・オフィス（日替わり）

話しているとわ子、慎森、悠介、六坊、取締役たち。
慎森「喧嘩腰でぶつかっても、先方が折れるとは思えません」
とわ子「まだ数字には出てませんが、顧客は増えてるし、受注も伸びてます。しろくまのやり方を丁寧に説明しましょう」
六坊「わかりました。社長の方針に従います」

23　同・会議室

若木と市橋が来ており、とわ子、慎森、悠介、六坊、取締役たちと対峙している。
若木、しろくまの事業計画案をぽいと投げ出して。
若木「借入金の返済のため、経営状況が厳しいものとなっていることに疑いの余地はありません」
六坊は既にイライラしている。
とわ子「（内心思うところはあるものの）はい」
若木「前回も申しましたが、量産型タイプの住宅建築に特化し、コストを減らすべきです。アウトソーシングしていくことで人員の削減をし……」
六坊「削減ってのは何ですか」
とわ子「（あ、と）」
若木「ですからコストを……」
六坊「（机を叩いて）人間はコストじゃない」
全員、！　と。
六坊「いいか、うちにいるのは、若い者もベテランも全員、現場で汗かいて学んで、机にしがみついて、何度も何度もやり直しながら、へこたれずに戦ってきた連中ばかりなんだ」
若木「また精神論ですか」
六坊「精神論じゃない、（自分の腕を叩いて）ここだよ、ここの話をしてるんだよ。この会社にいるのは、ただただ、いいものを作りたい、その一心で自分で磨き上げてきた職人なんだ。それを、それを言うに事欠いてあんたら、コスト、だと？　出て行け。出て行け」
若木「（ため息をつき、とわ子に）社長、このような恫喝《どうかつ》行為があっては話し合いに……」
とわ子「こちらからは以上です。お疲れさまでした」

若木「！」
とわ子「ご退出ください」

24 同・オフィス

会議を終えて、とわ子、慎森、悠介、六坊、取締役たちがオフィスの一角に集まっている。
六坊「申し訳ありません。ついカッとなって……」
とわ子「本当ですよ。悔しいです。六坊さんに先越されちゃって」
六坊「（え？　と）」
とわ子「わたしだって同じことが言いたかった。ここにいる全員が今そう思ってると思いますよ」
六坊、振り返ると、頼知、諒、羽根子をはじめ、社員たちがこっちを見て微笑んでいて、拍手する。
驚く六坊、そして照れながら。
六坊「馬鹿。やめろやめろ。俺は、この先大株主になるかもしれない会社を怒らせてしまったんだよ。面倒なこと、厄介なことになるかもしれないんだ」
とわ子「面倒上等、厄介上等、それがしろくまの社風です。これからも誠心誠意いいものを作り続けましょう」
盛り上がる一同。
とわ子「（微笑んでいる）」

25 同・通路

まだオフィスの方では盛り上がっている中、出て来たとわ子、ふうと息をつく。
戻ろうとして振り返ると、むすっとした表情の慎森が立っていた。

とわ子、う、まずい、と。

26　屋上あたり（夜）

夜景が見える中、柵によりかかるなどし、紙コップに注いだワインを飲んでいるとわ子と慎森。
黙って夜景を見ている慎森。

とわ子「……（戦々恐々として）言いたいことあるなら先に言ってもらえると、ワイン美味しく飲めるんだけど」
慎森「言いたいこと？　僕の？　紙コップで飲むワインが？」
とわ子「職人って、いる？　とか、精神論って、いる？　とか。偉そうに啖呵《たんか》切ってたけど、君は一体これからどうするつもりなんだい？　とか」
慎森「あー。今日は僕もスカッとしたよ」
とわ子「（え、と）」
慎森「六坊さんに怒鳴られた時のあいつらの顔、最高だったね」
とわ子「本当に？」
慎森「利益を得ることは大事だよ。だけど、一番じゃない。一番大事なのは、そこで働いてる人だから」
とわ子「（信じられないという顔をして）」
慎森「君は一体僕のことをどう思ってたんだ」
とわ子「極端なところあるから」
慎森「それは認める」
とわ子「認めた。雑談はいる？　お土産はいる？」
慎森「雑談はいらない、お土産もいらない。だけど、好きな人との雑談は楽しいし、好きな人にお土産を貰うのも嬉しい。（飲んで）好きな人となら、紙コップで飲むワインも美味しい」
とわ子「（むせる）」
慎森、とわ子の肩を抱き、背中をとんとんと叩いてあげる。
慎森「大丈夫？　落ち着いて」
とわ子「（むせながらも）あなたに優しくされたら落ち着けない」
慎森、とわ子の背中を叩きながら、ふと手を止めて。
慎森「僕はやっぱり君のことが好きなんだよね」
とわ子「……」
慎森「焼き肉が好き。焼き肉は僕のことを好きじゃないけど、僕は焼き肉が好き。そういう意味で」
とわ子「……らしくないよ」
慎森「自分らしくて好きな人に好きって言えないなら、自分らしくなくても好きな人に好きって言いたい。そうやって続けていけば、それも僕らしくなっていくと思うし」
ワインを飲み、夜景を見つめる慎森。
慎森「でも、差し支えなければ教えて欲しい。君は今、僕のことをどう思ってる？」
とわ子「……元気でいて欲しい」
慎森「それだけ？」
とわ子「ちゃんと睡眠取って欲しい。野菜食べて欲しい」
慎森「（苦笑し）好きだって言って、野菜食べなって言われるとは思わなかったな」
戻ろうとして、歩いて行く慎森。
とわ子「本当だよ？　健康が一番だよ」
慎森、後ろ手を振って出て行き、ドアが閉まった。
とわ子「……」

27　通り

コロッケを食べながら歩いているとわ子。

すれ違うグループがそんなとわ子を見て、クスクス笑っている。

N「バーカ、これが一番美味しぃんだょ」
とわ子、フン、と思いながら歩く。

28　ハイツ代々木八幡・大豆田家の部屋

とわ子、パソコンに向かって仕事をしている。

ふっと手が止まって、テーブルのガラスの柱を見つめ、ぽかんとする。

ダメだダメだと思って、再び作業をしていると、インターフォンが調子っぱずれに鳴った。

とわ子、画面を見ると、八作が映っている。

いつもより髭が伸びている。

八作、何か袋を持っていて、それを示して、ジェスチャーをして、何か伝えようとしている。

何かよくわからないまま途中で消えた。

とわ子、……。

29　同・郵便受け

とわ子、来ると、郵便受けに袋が引っかけてある。

30　通り

帰る八作。

走って追いかけて来るとわ子、八作の前に立つ。

とわ子「……（袋を示して）なんだろ」

八作「松前漬け」

とわ子「あー」

八作「（さっきのジェスチャーで）結構量あるから、小分けして冷凍庫に入れといて」

とわ子「あ、うん……」

八作「お茶漬けとか、あと、意外とポテサラとか」

とわ子「あー、そうだね、いいね。ありがとう」

八作「うん。じゃ」

歩き出す八作。

とわ子「（見送っていて）……元気？」

八作、振り返って。

八作「……（薄く微笑んで）」

とわ子「……」

また歩き出す八作。

とわ子、駆け出し、また八作の前に立つ。

とわ子「髪の毛ぼさぼさ。髭ぼーぼー。ご飯食べてる？」

31　焼肉店・店内

エプロンをして焼き肉を食べている慎森と鹿太郎。

慎森「なんか、常に人の体調を気にしてて」

鹿太郎「僕もこの間聞かれた。ちゃんと寝てる？　って」

慎森「野菜食べてるかとか」
鹿太郎「それってやっぱりそういうことなのかな……」
　鹿太郎、ネギがたっぷり載った肉を食べるが、タレに付けた時にネギが全部落ちている。
慎森「彼女の中でまだ……」
鹿太郎「（振り返ってトイレの方を見て）あ、ちょっと待って、ちょっとトイレ行ってくるわ」
　鹿太郎、トイレに行く。
　慎森、スマホで八作にメールしようか迷っていると、鹿太郎、戻って来て。
鹿太郎「誰か入ってた。聞いてみたりしたことはないの？」
慎森「僕にはわからないことも多いし……」
鹿太郎「そうだよね。下手に慰めるのも……あ、空《あ》いた」
　鹿太郎、トイレに行く。
　慎森、スマホでメールしようとすると、鹿太郎、戻って来て。
鹿太郎「先入られちゃった。それで？」
慎森「（スマホをしまって）田中さんは知ってたみたいじゃないですか……綿来《わたらい》かごめさんのこと」
鹿太郎「……そうだよね」
　鹿太郎、また肉を食べるが、ネギが全部落ちている。
慎森「田中さんが励ましてくれるのがいいと思うんですけど」
鹿太郎「確かにね。あの二人なら分け合えるだろうし」
慎森「分け合えますかね」
鹿太郎「なのに何でこんな時に旅行なんか行って……空いた」
　鹿太郎、行きかけて、また座った。
鹿太郎「入られちゃった」

慎森「向こうで待ってればいいじゃないですか」
鹿太郎「いや、だって入ってる人の立場になったら、トイレ出た途端、待ってた人が血気盛んな馬みたいになってたら嫌じゃない」
慎森「血気盛んな馬みたいに待たなきゃいいんじゃないですか」
鹿太郎「だとしてもね、すれ違う瞬間、あ、待たせちゃったかな、あ、待たせちゃったかなって思わせちゃったかな、ってなるじゃない」
慎森「そういう感情って、長く生きてたらやり過ごしていけるものでしょ」
鹿太郎、肉をタレに付けるが、ネギが全部落ちる。
鹿太郎「長く生きてるのにやり過ごせないものがよりたくさんあるのは君じゃない」
慎森「やり過ごしてますよ、あなたさっきから、肉、タレに付ける時にネギが全部落ちてますよ、それ黙ってましたよ」
鹿太郎「君こそ、さっきから慎森がしんしん食べてる状態だったけど、言わないようにしてたよ」
慎森「それ言ったらあなただってさっき肩ロース……（トイレの方を見て）トイレ、空きましたよ」
鹿太郎、頷き、立ち上がって、行きかけて。
鹿太郎「俺たちには何も出来ないのかね……」
呟き、行く鹿太郎。
慎森「……（同じくとわ子を思って）」

32 ハイツ代々木八幡・大豆田家の部屋

ご飯、味噌汁、焼き魚、煮物を食べているとわ子と八作、よく笑っている。
八作「だって学校が遠いんでしょ」
とわ子「だから仕方ないんだけどさ。また遊びに来るねとか言われちゃってさ」

八作「それはね、落ち込むね」
とわ子「嬉しそうに言うねー。それ俺知ってるって？」
八作「（笑って）あれだよ、もう慣れたかなって思ったら、また来るよ。自分史上最高のカレー出来た時とかさ。そういう時にどーんって来る」
とわ子「あのさ、十五年前の復讐やめてくれる？」
八作「いや最高だよ」
とわ子「はいはい、味わってますよ。（青汁を差し出し）これ、飲みな」
八作「何それ」
とわ子「青汁。体にいいから」
八作「やだよ」
とわ子「飲んだら全然たいしたことないなって思うから」
八作「（飲んで、顔をしかめる）」
とわ子「（笑って）そんな顔するほど苦くないよ」
八作「全然たいしたことあるし。いや、飲んでみ」
とわ子「（飲んで、顔をしかめる）」
八作「（笑って）」
　二人、同時に飲んで、苦い顔をして、お互いの顔を指さし、また笑う。
八作「（とわ子の顔を見て）口垂れてるよ。緑のが垂れてる」
八作、笑いながら、ティッシュを取ろうとして、ガラスの柱が置いてあるのに気付く。
とわ子、あ、と思う。
八作、何だろうと柱を裏返すと、それは漫画公募の小さなトロフィーで、『佳作　空野みじん子様』とあった。

八作、……。
とわ子、……。
八作、そのままテーブルに戻す。
とわ子「……（青汁を手で拭いて）北海道って、何しに？」
八作「北海道？　北海道はね、うん、何だろ、なんか適当に」
とわ子「へー。旅行ね。旅行、いいかもね」
八作「まあね、適当だけどね。仕事、忙しい？」
とわ子「そうだね。うん」
八作「そうかあ。まあ、忙しいのはいいよ」
とわ子「まあね」
笑顔で食べる二人。

×　×　×

帰る八作、玄関に行く。
とわ子、送りに行く。
八作「ごちそうさま」
とわ子「うん」
靴を履く八作。
とわ子「（その背中を見ていて）……」
八作「（背後のとわ子を感じていて）……あ、そうだ。唄にまだ、入学祝いまだあげてなかったから送るよ」
とわ子「あ、じゃあ住所……」

八作「ここに送るよ。そしたら持って行けるでしょ」
とわ子「あ、うん、ありがとう」
　八作、出て行きかけて。
八作「……元気？」
とわ子「……（薄く微笑んで）」
八作「……」
とわ子「……」
八作「ごめんね」
とわ子「（頷き）ごめんね」
八作「（頷き）おやすみ」
とわ子「おやすみ」
　出て行く八作。
とわ子「……」

33　通り

　帰り道を歩く八作、ふと立ち止まる。
　引き返そうかと思う。
　しかしやはり、帰り道を歩いて行く。

34　焼肉店近くの通り

　歩いて来た慎森と鹿太郎。
鹿太郎「じゃ、じゃあね」

慎森「じゃ」
　歩いて行く鹿太郎、歩いて行く慎森。
　慎森、歩いていると。
鹿太郎の声「何でだろうねー」
　慎森、振り返ると、鹿太郎、歩いて行きながら。
鹿太郎「何で人間って、何歳になっても淋しくなっちゃうんだろうねー」
　そう言って、歩いて行った。
慎森「（微笑み、そして切なく見送って）……」

35　ハイツ代々木八幡・大豆田家の部屋

　松前漬けを小分けして、冷凍庫に入れるとわ子。

　ふうと椅子に腰掛ける。

　もうひとつ椅子がある。

とわ子「（椅子を見つめ）……よいしょ」

　立ち上がって、皿をしまおうとすると、置いてあるスマホが鳴った。

　画面を見て、はっとして慌てて出る。

とわ子「もしもし。うん、唄？　うん。元気元気、全然元気。ご飯食べてる？　へー、すごいね、ごちそうだね。うん？　世界史の教科書？　ちょっと待ってね……」

　とわ子、唄の部屋に入り、棚を見て、世界史の教科書を手にして。

とわ子「あ、あったあった。いるの？　明日の朝そっち持ってってたげるよ。大丈夫大丈夫。お休みだから。あ、いないんだ？　大丈夫大丈夫、ポストに入れといたげるよ」

　淡々と答えるが、嬉しそうなとわ子。

N「明日、娘に世界史の教科書を届けに行く」

36　**通り（日替わり、朝）**

軽くスキップ気味に歩いているとわ子。

N「よく晴れた。会えもしないのに足下が軽い」

37　**道路**

走るバスの車内、乗っているとわ子。

N「バスに乗るのも久しぶり」

38　**大豆田家の一軒屋**

とわ子、郵便受けに封筒を入れる。

N「届けた」

二階の窓を見上げる。

N「カーテンは水色にしたのか」

39　**通り**

淋しく帰るとわ子。

N「あっという間に用事が終わった」

40　**パン屋・店内**

シナモンロールを一個トレイに載せ、レジに持って行くとわ子。

N「いい感じのパン屋を見つけたので、シナモンロールを一個買った。美味しかったら教えてあげよう」

41 道路

走るバスの車内、パン屋の袋を持って座っているとわ子。
車内を見ると、欠伸をしている乗客、背中を掻いている乗客、足をぷらぷらさせる子供の乗客がいる。
そして隣の席を見ると、大史が座っていた。

N「あ、謎の男Xだ」
大史は手帳を手にしており、何やら書いている。
手帳には『あくび』『背中を掻く』『足ぷらぷら』とあり、数式が書かれてある。

N「なるほど、欠伸と背中掻きと足ぷらぷらが何秒後に揃うのかを計算しているのか」
じっと見つめるとわ子も手帳を出し、書きはじめる。

N「その問題、拝借した」
隣り合った席で、数式を解いているとわ子と大史。

×　×　×

停止ボタンの音がして、はっと気付いて、同時に窓の外を見るとわ子、大史。

N「気が付くと、もう随分と乗り過ごしていた」

42 バス停

慌ててバスから降りて来るとわ子、大史。
ぶつかって、二人して、手帳を落とした。

大史「あ、ごめんなさい」
とわ子「ごめんなさい」
お互いの手帳を拾って。
とわ子「(大史の手帳を見て、うーん？　と)」
大史「(とわ子の手帳を見て、あ、と)」
二人、恐縮しつつ、手帳を交換する。
どうもと会釈して。
とわ子「あ……（と、気付く)」
乗客を乗せ終え、出発したバス。
とわ子「(うわあ、とショック)」
大史「(自分のせいかと）ごめんなさい」
とわ子「あ、いえ、バスにパン忘れてきちゃって」
大史「バスにパン。何パンですか？」
とわ子「シナモンロールです」
大史「ちょっとこれ、これ。待ってて」
大史、自分のバッグをとわ子に渡し、走って行くバスを追いかけはじめる。
とわ子「え……ただのパンです！　パンなんです！」
しかし走って行った。
とわ子、困惑して、……。

×　×　×

大史のバッグを持って、立ち尽くしているとわ子。

不安になり、大史が行った方に歩き出そうとして、自分の手帳を落とす。
拾って、再び歩き出そうとした時、道路の向こうから見えてくる大史。
とわ子、！　と。
歩いて来る大史、笑顔で、パンの袋を掲げて見せた。
とわ子、笑顔になって。
息を切らした大史、とわ子の元に来て、パンの袋を差し出す。
大史「はい」
とわ子「ごめんなさい……」
大史「この間の恩返しです」
大史、ラジオ体操の動作で腕を上げ下げして。
大史「ですよね？」
とわ子、同じようにして。
とわ子「はい」

43　公園

木々に囲まれた中、ベンチに腰掛けたとわ子と大史。
とわ子、シナモンロールを割って、半分差し出す。
大史「いいんですか？　貰っちゃって」
とわ子「どうぞ」
二人、いただきますと食べる。
大史「（美味しそうに食べて、何か言う）」
とわ子「（うん？　と）」

大史「(飲み込んで)数学、好きなんですか?」

とわ子「あ、いえ、好きってほどでは。夜寝る前に高校の問題集解いたりしてて。さっきの、あれ何ですか?」

大史「欠伸と背中掻いてるのと足ぷらぷらのやつですか?」

とわ子「はい。揃う時刻を計算してたんですよね? 問題集で見たことあって、小さい順に整数を列挙したんですけど数字がどんどん大きくなってしまって」

大史、さっきの手帳を出して。

大史「少し工夫すれば、その方法でも十分解き切れますよ」

大史、数式を示しながら、中国剰余定理の解説をはじめる。

大史「中国剰余定理です。このような問題はなぜ答えが出せるのか? 解法だけでなく、その背景を教えてくれる定理です。詳しく説明しますね。互いに素な二つの数P、Qについて、Pで割った余りがa、Qで割った余りがbとなるような整数Nが必ず存在する。それが、この定理の主張です」

とわ子「(聞いているが、既にわからない)……」

大史「何故か? 互いに素が証明の肝です。P、Qが互いに素なので、以下の三条件を満たす二つの整数の組(x、y)が存在します」

×　×　×

手帳に何枚ものページにわたって数式を書き、話し続けている大史。

楽しそうに聞いているとわ子。

大史「同様の議論を帰納的に回せばいいんですが」

とわ子「(全然理解出来てないが)ええ」

大史「(気付いて) あ、ごめんなさい、またやっちゃった。すぐこうなってしまって、よく呆れられてるんです」
とわ子「(微笑み) 自分の好きなことを話す方の話は、わからなくても面白いです」
大史「(照れて) 何が好きなんですか?」
とわ子「何が好き」
大史「夢中になれること」
とわ子「まあ、仕事かな。最近はちょっと、だけど……」
大史「へえ」
とわ子「でも仕事はね、自分以外の人も、たくさん関わってきますし、好きっていうばっかりじゃ」
大史「あー。でも人がいるから頑張れるっていうのもあるし」
とわ子「あー」
大史「この人のために頑張ろう、って」
とわ子「(思い浮かべながら) ……」
大史「見てくれてるかな。見てくれてるから頑張ろうかな。そういう人がいて……いませんか? この人が見ててくれるから頑張るぞ、みたいな」
とわ子「(すぐに) かごめ」
大史「……?」
とわ子「あ、友達です」
大史「あー。それはいいですね。友達は、うん」
とわ子「はい。去年ね、亡くなっちゃったんですよ」
大史「(あー、と)」
とわ子「すごく急だったんです。昼間会った時は元気だったのに、その夜急に」

大史「(頷く)」

とわ子「その少し前に母も亡くなってて。母の時は、だんだん、だったから心構えもあったんですけど、かごめの時は、なんてゆうか、あ、すごく変な話なんですけど、幼稚園の時に見たマジックショーのこと思い出して……ごめんなさい。さっきお会いしたばっかりの方に、急にこんな変な話しちゃって」

大史「変な話じゃないですよ。好きな人の話をしてくれてるんですよね。僕がさっき聞いたからですよね」

とわ子、ふと考えて。

とわ子「そうですね、好きな人の話です」

44 街角

ケータリングカーのコーヒーを買っているとわ子と大史。

とわ子の声「そのマジックショーで、手品師の人がハンカチを消したんですよ。他の子たちはみんな普通にびっくりしてたんだけど。わたしは泣き出しちゃって」

45 路地の通りA

コーヒーを飲んで、話しながら歩いているとわ子と大史。

とわ子の声「消えて驚くより、あのハンカチどこに行っちゃったんだろ。あのハンカチは今頃、ひとりで淋しくないのかな、そう思ったら涙止まらなくて」

46 路地の通りB

コーヒーを飲んで、話しながら歩いているとわ子と大史。

とわ子の声「同じなんです。あいつ、どこにいるんだろ。どこに行ったんだろ。ひとりでどこ行っちゃったんだろ。その時、何思ってたかな。自分で気付いてたのかな」

47　通りA

コーヒーを飲んで、話しながら歩いているとわ子と大史。

とわ子の声「何でそんな時に一緒にいてあげられなかったんだろ。何で手を繋いでてあげられなかったんだろ。何でひとりで、最後の時を迎えさせちゃったんだろ」

48　通りB

コーヒーを飲んで、話しながら歩いているとわ子と大史。

とわ子の声「電話がかかってきてたんです。だけどわたし、その時別の人と一緒にいて、電話出なかったんです。別の人と一緒にいたから、電話したくなかったんです」

49　川縁の通り

コーヒーを飲んで、話しながら歩いているとわ子と大史。

とわ子の声「なのに一年経って。時々忘れちゃってる時があります。ヘラヘラ笑ってて、あ、今あいつのこと忘れちゃってた、って思い出して、またひとりにさせちゃった、って思います。誰にも話せないし、すごく孤独です。こんなんだったらそっちに行ってあげたいよ、って思います」

50　河川敷

川が流れている。

腰を下ろして話しているとわ子と大史。

とわ子「みんな、言うんですよね。まだ若かったし、やり残したことがあったでしょうねって。悔やまれますよね、残念ですよねって。そっかー。そうだったのかなー。だったらわたしたち、何も別に大人にならなくて良かったな。ずっとあのままで良かったなって思うんですよね」

大史「（黙って川を見ていて）……」

とわ子「ま、そういうことを、たまに思うっていうか……」

大史「ないと思いますよ」

とわ子「はい？」

大史「人には、やり残したことなんてないと思います」

とわ子「（え、と）」

大史「その人は幼なじみだったんでしょ？」

とわ子「ええ」

大史「じゃあ、十歳の時のかごめさんも、二十歳の時のかごめさんも、三十歳の時のかごめさんも知ってる」

とわ子「（頷き）知ってます」

大史「あのね、過去とか未来とか現在とか、そんなのどっかの誰かが勝手に決めたことだと思います。時間って、別に過ぎて行くものじゃなくて、場所っていうか、別のところにあるんだと思います。人って現在だけを生きてるんじゃないと思う。五歳、十歳、二十歳、三十四十、その時その時を人は懸命に生きてて、それは別に過ぎ去ってしまったことなんかじゃなくて。あなたが、笑ってる彼女を見たことがあるんだったら、彼女は今も笑ってるし、五歳のあなたと五歳の彼女は今も手を繋いでいて、今からだって、いつだって気持ちを伝えることは出来る。人生は小説や映画じゃないもん。幸せな結末も悲しい結末もやり残したこともない。あるのは、その人がどんな人なのかってことだけです」

大史「だからね、人生には二つルールがある。亡くなった人を不幸だと思ってはならない。生きてる人は幸せを目指さなければならない。人は時々ちょっと淋しくなるけど、人生を楽しめる。楽しんでいいに決まってる」

とわ子「……」

大史、ハンカチを差し出す。

とわ子「何ですか？」

大史「（自分の頰を指さして）こぼれてますよ」

とわ子、目元に触って。

とわ子「ほんとだ」

とわ子、ハンカチを受け取って涙を拭いて、見ると、カタツムリの刺繡のハンカチだった。

とわ子「カタツムリ」

大史「かわいいでしょ？　かごめさんってどんな方ですか？」

とわ子「すごく面白い子です」

大史「どんな風に？」

とわ子「（思い返し）ある時、真夜中、二階のわたしの部屋の窓がコンコンって鳴って……」

51　ハイツ代々木八幡・大豆田家の部屋（夜）

洗濯したカタツムリのハンカチが干してある。

とわ子、ベッドメイクしながら口ずさんでいる。

とわ子「♪　ゴメンね素直じゃなくて　夢の中なら云える　思考回路はショート寸前　今すぐ会いた

いよ」

終えて、部屋の灯りを消し、ベッドに入る。
枕元のランプを消そうと手を伸ばす。
枕元に、空野みじん子のガラスのトロフィーがある。
とわ子、見つめ、ランプを消す。
N「久しぶりにベッドで寝た。好きな子の夢を見た」

52　銀行・応接室（日替わり）

とわ子、険しい表情で融資担当者と話している。
とわ子「新規事業に関してはご協力してくださるという話だったかと思うのですが」
担当者「（資料を見ながらうーんと唸《うな》っているだけで）」

53　しろくまハウジング・通路

とわ子、戻って来ると、スマホが鳴った。
画面を見て、はっとしながら出る。

54　同・会議室

とわ子、慎森、悠介、六坊、取締役たちが集まって、話している。
とわ子「さっきオーナーから連絡がありました。しろくまハウジングの株式の五十一パーセントがマディソンパートナーズに売却されたそうです」
全員、……。
とわ子「間もなく、マディソンパートナーズから株買収を指揮していた本部長が来社します」

慎森「（例のか、と）……」
とわ子「取締役選任会議を行うそうです。おそらくわたしの責任問題が追及されることと思います」

55　同・通路

待っているとわ子、慎森、悠介、六坊。
エレベーターが到着し、息を呑む。
降りて来る、真山藍《まやまあい》（28歳）、若木、市橋。
最後に降りて来たのは、スーツ姿の大史。
とわ子「（え、と）」
大史、淡々ととわ子たちを見渡して。
大史「マディソンパートナーズの小鳥遊大史です」
とわ子「（呆然と）……」

56　同・会議室

着席しているとわ子、悠介、六坊、取締役たち。
対峙している大史、藍、若木、市橋。
とわ子の手元には大史の名刺があり、社名のロゴの渦巻きは、よく見ると、カタツムリだった。
とわ子「（そうだったのか、と）」
大史「（藍に目配せして）」
藍、頷き、書類をとわ子たちに差し出す。
とわ子「（見て、え、と）……」
大史「御社に勤務している社員、あるいは元社員の方からの告発文です」

とわ子、慎森、悠介、六坊たち、！　と。

大史「大豆田社長、本日の議題は、あなたの、社員に対する無責任且《か》つ、威圧的なパワーハラスメントに関してです」

とわ子「……！」

六坊「何言ってるんだ。社長がパワハラだなんて……」

大史、書類を手にし。

大史「えー、就業規則に定められた労働時間を越える深夜に及ぶ勤務。若手社員を個室に呼び出しての恫喝。設計士の図面を社長自ら描き替えた上で強要し、その社員を退職に追い込む。ヴイゲート社との取り引きにおいて私的な感情を持ち込み、深夜に及ぶ作業を社員に行わせた。これらはすべてハラスメント案件となります。ご回答いただけますでしょうか。回答によっては、代表取締役社長大豆田とわ子さんの解任決議案を提出したく思います」

とわ子「……」

N「ということがあった次の日のこと」

×　　×　　×

57　代々木公園（日替わり）

ラジオ体操に参加しているとわ子。
見ると、隣で大史がいつものように体操していた。
とわ子、え、と。
ラジオ体操が終了し、とわ子と大史が残っている。
水筒を出してお茶を飲んでいる大史を見て、顔をしかめ、その場を離れようとすると。

大史「この間はどうも（と、笑顔）」

とわ子「……（とりあえず小さく会釈）」

大史「あ、そうだ……」

大史、数式の書かれたノートの切れ端を差し出して。

大史「なかなか解きごたえあると思うんで、良かったらどうぞ」

とわ子「……あの、すいません、人違いだったらごめんなさい。わたし、昨日あなたにそっくりな方と、自分の会社でお会いしたんですけど」

大史「あーはい、僕ですね」

とわ子「……え、すいません、じゃあ、どうしてそんな風に話しかけてこられるんですか？」

大史「あれはだって、昨日お会いした時はビジネスじゃないですか。今はプライベートでしょ？」

とわ子「（は？　と）」

微笑む大史、お弁当箱のおにぎりを見せて。

大史「食べます？　おかかとツナマヨ、どっちがいいですか？」

ぽかんとするとわ子、振り返って、カメラを見て。

とわ子「大豆田とわ子と三人の元夫。また来週」

第7話終わり

第8話

1　**ハイツ代々木八幡・大豆田家の部屋（朝）**

窓の隙間から吹き込んだ風でカーテンが揺れている。
目を覚ますとわ子。

N「目覚ましより先に目が覚めた大豆田とわ子」
窓の外をちょっと覗き見る。

×　×　×

お茶を淹《い》れて、飲むとわ子。

N「何故か久しぶりに、朝から気分が弾んでいる」

2　**同・ごみ捨て場**

両手にごみ袋を四つ提げて来るとわ子。

N「弾んだ勢いで溜まっていたごみも捨てる」
とわ子、ごみの山のてっぺんに向かってごみ袋を続けて投げ上げる。

N「弾む、弾む」

3　**美容室・店内**

シャンプー台に座っているとわ子。

N「弾みついでに美容室に来た」
美容師がとわ子の顔に布をかぶせ、髪を洗う。

美容師「お休みの日は何なさってるんですか？」

とわ子「まあ、たまに美容室行ったり」
美容師「ここですね」
とわ子「ここですね」
止まるとわ子。
N「顔にかぶせられた布がちょっとズレてしまった」
布をかぶっているとわ子の口元がもぞもぞしている。
N「顔にかぶせられた布がズレたのを、唇を動かすことで戻そうとしている大豆田とわ子」
美容師が気付き、さっと戻す。
N「戻そうとしたのがバレた」

×　×　×

鏡の前、とわ子、髪をセットし終えて。
美容師「素敵ですよ」
とわ子「ですね、はい（と、鏡の自分を見て、嬉しそう）」

4　通り

歩いているとわ子、何やら包みから突き出したものを食べている。
N「まるでバケットをおしゃれに食べているような大豆田とわ子」
実際に食べているのは大きめのちくわ。
通り沿いに水撒きをしている人がいる。
小さな子供たちが水鉄砲で遊んでいる。
きらきらする光景に微笑むとわ子、ちくわをかじる。

5　ハイツ代々木八幡・大豆田家の部屋

台所で、様々な食材とスパイスを用意するとわ子。

N「手の込んだ料理を作りたい気分」

×　×　×

スマホを立てかけて面白動画を流しながら、ひたすら野菜をみじん切りするとわ子。

N「ありとあらゆる野菜をみじん切るのだ」

×　×　×

大きな寸胴鍋でカレーを調理するとわ子。
様々な食材、スパイスを入れていく。

N「隠し味って大抵隠れたままだよね、といつも思うけど、今日だけはシャットアウト」

×　×　×

パン生地をまな板に叩きつけているとわ子。
パン生地にカレーを仕込んで包む。
油で揚げる。
出来上がったカレーパンを食べるとわ子。
食べながら鍋の中の大量のカレーを見つめる。

N「にしても、作り過ぎた」

とわ子「なんてこった」

×　×　×

冷凍庫を開けて確認したら、随分前に作ったカレーが出て来たとわ子。

N「冷凍すればいいかと思ったら、随分前に作ったカレーが出て来た。過去からの復讐」

×　×　×

机に向かってノートを広げ、カレーを減らしていく計画書を書いているとわ子。

三日間の朝昼夜、料理方法、減少量の項目がある。

N「計画書を作ることにした」

一日目の夜のところにカレーうどんと書く。

N「ここで切り札は、早く出し過ぎか」

消して、カレーうどんを三日目の昼に書く。

カレーピラフ、カレー餃子、カレー味唐揚げ、サバのカレー焼きなどと書くが、どれも十グラムほどしか減らない。

N「手薄だ、あまりにも手薄だ」

×　×　×

がつがつとカレーライスを食べるとわ子。

食べ切って綺麗になった皿にスプーンを置く。

とわ子「あー、お腹いっぱい」

×　×　×

洗濯物を運んで来るとわ子。
洗濯物をソファーに置くと、スマホが鳴る。
画面には唄の名前。
洗濯物を畳みながら話しているとわ子。

とわ子「なんか今日は朝から気分ぃぃんだよね。何だろうね。別に何も変わらないんだけどさ……
（あ、と思う）」

洗濯物の中から、カタツムリの刺繡入りのハンカチが出て来た。

とわ子「（思わず見つめ）……」

×　×　×

寝間着姿のとわ子、丁寧に畳んだハンカチを手にし、思い返すように見つめる。
自嘲的に苦笑し、花瓶の横に置く。
寝室に行き、窓を見て、少しだけ開ける。
枕元に空野みじん子の佳作トロフィーがあって、微笑みかけ、ベッドに入る。

6　しろくまハウジング・オフィス（日替わり）

ケータリングスペースにて、食事しながら話しているとわ子、悠介、羽根子、諒。

とわ子「持ってた方がいいよ。自分用じゃなくても、さりげなく誰かにハンカチ差し出せる人って素敵じゃやない」

悠介「マジシャンじゃないですか」

羽根子「恋のマジシャンですね」

とわ子「（照れて）恋じゃなくてもだよ」

×　×　×

とわ子、頼知、六坊と打ち合わせしている。

とわ子「この高知《こうち》の間伐材なら、品質もいいし高級国産材と遜色ないよね」

頼知「汎用性あるし、一括して仕入れ出来たら」

とわ子「問題は（と、六坊を見る）」

六坊「今、高崎《たかさき》の物流倉庫会社と交渉してます」

とわ子「近いうちに視察に行きましょう」

慎森、入って来て、とわ子たちの元に行こうとすると、羽根子と諒が話している。

羽根子「厳しい時に社長が元気だと力強いよね」

諒「わかんないすよ、最後の恋をしてるだけかもしれないし」

慎森「元気な女性を見て、それが恋愛由来だと決めつけるのは失礼じゃないかな」

諒「ごめんなさい」

慎森、とわ子を横目に見ながら諒の肩を引き寄せ。

慎森「彼女のどんな点を見てその考えに至ったのかな？」

諒「（あまりおぼえてないが）なんか手を拭くとか、恋の魔法とか……」

7　同・通路

待っているとわ子、慎森、悠介、六坊。

エレベーターが到着し、息を呑む。

降りて来る藍、若木、市橋。

最後に降りて来たのは、スーツ姿の大史。

とわ子「（え、と）」
　大史、淡々ととわ子たちを見渡して。
大史「マディソンパートナーズの小鳥遊です」
とわ子「（呆然と）……」

8　ハイツ代々木八幡・大豆田家の部屋

　花瓶の横に置いてある、カタツムリのハンカチ。

9　しろくまハウジング・会議室

　とわ子、慎森、悠介、六坊、待っていると、大史、藍、若木、市橋が入って来て、着席していく。
　最後にカレンが入って来た。
　とわ子たち、カレンを見て、……。
　カレンは座席を見て、どっち側に座ろうか、と。
大史「一応そっちに座った方がいいんじゃないですか」
悠介「一応って何ですか」
若木「松林さんを七人目の取締役に選任したのは我々ですしね」
六坊「君はまだうちの社員でしょ」
カレン「もちろんです」
　カレン、とわ子の隣に座る。
とわ子「（全員に）それでは取締役会をはじめます」

×　×　×

資料を参照しながら会議が行われている。

若木「同規模の施工にもかかわらず、他社に比べて倍のコストがかかってますよね」

とわ子「これはデザイン面、超長期での耐久力、設備グレードの面でも比較になりません。当社は建ってればいいという考えで施工してませんから」

藍「実際社長が交代されて以来、純利益は下がる一方ですよね」

とわ子「業務形態を変えた影響です。取引先、売上高が増加している点を見ていただけませんか」

大史「松林さんはいかがですか？　中でご覧になってて」

カレン「不採算事業は縮小すべきです」

六坊「これ以上、人を減らしたら施工に手をかけられなくなる」

カレン「この会社は手をかけ過ぎかと思います」

六坊「手を抜けってこと？　ことですか？」

カレン「それで利益になるのなら」

六坊「あんたら、本音を言ったらどうなんだ。うちの特許が欲しいだけだろ（と、机を叩く）」

気まずい沈黙。

大史「どうでしょう。この際、経営は、（カレンを示し）松林さんにお任せして、社長はご勇退なさっては」

とわ子「（そんな大史を見据えて）……」

10　代々木公園近くの階段（日替わり、朝）

ラジオ体操を終えて帰る人々の中、とわ子もいる。

急な階段を降りる。
最後の数段で転びそうになる。
傍らから伸びた手がとわ子の背中を支えて、そのまま立たせてくれた。
見ると、大史であった。
大史「（笑顔で）おはようございます」
とわ子「（何で、と思いながら）おはようございます……」
11 ファミレス・店内

向かい合って座っているとわ子と大史。
とわ子、借りたハンカチを大史の前に置く。
とわ子「ありがとうございました」
大史「差し上げたつもりだったんですけど」
大史、渡そうとするが、とわ子は受け取らない。
とわ子「わたしが買収先の社長と知ってて、声をかけてらしたんですよね」
大史「（え、と微笑って）違います違います。そんな器用なこと出来ません」
とわ子「たまたまってことですか？」
大史「はい、びっくりして口から心臓出るかと思いました」
とわ子「まったく無表情でしたけど」
大史「あれはだってビジネスの場だったから」
とわ子「（何だそれ、と）」
大史「ビジネスはビジネスとして、プライベートでは、今まで通りでお願いします」
とわ子「え？　え、そういう、ここからはプライベート、ここからはビジネスって分けられるものですか？」

大史「ダメですか？」

とわ子「わたし、会社には四十一人の社員がいて、守らなきゃいけない人たちがいるんです」

大史「それを言えば、僕だって会社の代表として行ってて、正式な手続きの上でやるべき仕事をしています。何も後ろめたいことはありません」

とわ子「そうですけど、そういう、あっちはあっち……」

大史「こっちはこっちで」

とわ子「そんなエアコンみたいに、あったかいの冷たいのって、切り替え出来ません」

大史「（ははっと微笑って）エアコン」

とわ子「（大史が無邪気に微笑うので）……」

大史「もちろん仕事上、失礼な態度だったことは承知してます。でも、せっかく親しくなれて、親しくっていうか、この間は大事な時間を過ごせたと思ってて」

とわ子「それは（はい）」

大史「仕事上の対立があったからって、それじゃさよならっていうのはむしろそれこそ、（リモコンを押す仕草をし）切り替えられないっていうか」

とわ子「そういう説得みたいにされても……」

大史「違います、お会い出来なくなるのが困るんです」

とわ子「……」

大史「都合いいかもしれませんけど、でも、ごめんなさい、本当の気持ちです」

とわ子「（葛藤し）……」

N「ツンデレ男って、現実で存在すると厄介だ。そんな大豆田とわ子、今週こんなことが起こった……」

１２　今週のダイジェスト

とわ子の部屋、ポテトチップスをパーティー開けし、食べるとわ子。

Ｎ「ひとりで食べる時もパーティー開けする大豆田とわ子」

×　×　×

大史が描いてくれた似顔絵を見るとわ子。

Ｎ「似顔絵描かれて嬉しかった確率が低い大豆田とわ子」

×　×　×

とわ子、大史をベランダに隠し、カーテンを閉める。

部屋に来た慎森、鹿太郎、八作に焦るとわ子。

Ｎ「ツンデレ男を元夫たちから隠す大豆田とわ子」

×　×　×

網戸をはめる大史の横顔を見つめるとわ子。

Ｎ「網戸をはめてもらう大豆田とわ子」

１３　ファミレス・店内

Ｎ「そんな今週の出来事を今から詳しくお伝えします」

大史、とわ子が黙っているので。

大史「ごめんなさい、あなたを困らせるつもりは……（と、諦めの言葉を告げようとすると）」

とわ子「いつも通る道があるんですけど」
大史「はい」
とわ子「この間そこで水遊びをしてる子供たちがいて」
大史「はい」
とわ子「あ、いえ、それだけなんですけど。あーわたし、この一年、何かを眺めながら歩いたことってなかったなって気付きました。それは小鳥遊さんのおかげです」
大史「はい」
とわ子「わたしも小鳥遊さんには感謝しています。それじゃさよならとはなりません」
大史「じゃあ……」
とわ子「はい（と、リモコンを押す仕草で）」
大史「（リモコンを押す仕草で、微笑んで）」
とわ子「（まだ半信半疑だけど微笑んで）」

14　しろくまハウジング・会議室

取締役会が行われており、とわ子、慎森、カレン、悠介、大史、藍、若木が出席している。

大史、とわ子に向かって厳しく。

大史「今すぐ責任を取って、社長退任すべきなんじゃありませんか、大豆田さん」

とわ子、振り返ってカメラを見て。

とわ子「大豆田とわ子と三人の元夫」

○　タイトル

15　ハイツ代々木八幡・大豆田家の部屋（日替わり、夜）

呆れているとわ子。
慎森、鹿太郎が立っている。
とわ子「何でうちで待ち合わせするの」
慎森「待ち合わせじゃないよ、時間と場所を決めただけなのに、たまたま出くわしちゃって」
とわ子「時間と場所を決めてたって会わないものは会わないでしょ」
顔を見合わせる慎森、鹿太郎。
慎森「時間と場所がわかってれば」
鹿太郎「絶対会えるよね」
とわ子、逃げる。
慎森、テーブルの上を見て。
慎森「誰か来てたの？」
とわ子「誰も来てないけど？」
慎森、パーティー開けしたポテトチップスを示して。
慎森「じゃ、何でパーティー開けしてるの？」
とわ子「ダメ？」
鹿太郎「ひとりでパーティー開けはしないよね、ひとりの時は、（上部を両側から引っ張る仕草で）こうか」
慎森「（角を小さくちぎる仕草で）こうですよね」

とわ子「（取って食べて）この方が食べやすいからだよ」
鹿太郎「でも湿気《しけ》ちゃうよね」
とわ子「湿気たら湿気たのもおいしいから」
鹿太郎「そうか」
慎森「そもそもパーティー開けと名付けられた開封メソッドをひとりで行うことへの疑問は……」
とわ子「ファミリーレストランにはひとりでも行くでしょ。恋人と行く人も仕事仲間と行く人もいるでしょ」
手に油が付いたとわ子、ティッシュを取ろうとする。
それを見て、はっとする慎森と鹿太郎、持参したタオルを差し出す。
とわ子「……何？」
鹿太郎「僕が持って来たタオル使っていいよ」
慎森「僕はいつでも持ち歩いてるから」
とわ子「結構です（と、ティッシュを取る）」
鹿太郎「僕が洗濯してあげるから君は汚してもいいよ」
慎森「僕がタオル好きだってこと、君知ってた？」
とわ子「（二人を見据えながら、ティッシュで拭く）」
落胆する慎森、鹿太郎。
とわ子「（台所を見て気付き、二人に）お腹空いてる？」
慎森「食べて来た」
鹿太郎「食べて来た」
とわ子「あ、そう」
とわ子、台所に行く。

鹿太郎「（小声で慎森に）別にいつもと変わらなくない？」
慎森「僕らが来たから機嫌悪くなっただけですよ」
鹿太郎「だったらいいんだけど、よくないな」
慎森「でも最近なんかウキウキしてるって話だし」
鹿太郎「ウキウキイコール恋ではないでしょ。別のウキウキする理由が……」
とわ子が手を洗った。
慎森と鹿太郎、タオルを出す。
とわ子「……（台所のタオルで拭く）」
鹿太郎「最近どう？」
とわ子「うん？」
慎森「猫に話しかけたら返事してくれたとかあった？」
鹿太郎「みそラーメンのコーンが全部すくえたとかあった？」
とわ子「何が？」
鹿太郎「いや、だから……」
慎森「好きな人、出来た？」
とわ子「（え、と）」
鹿太郎「好きな人、出来た？」
とわ子「……（二人から目を逸らす）」
鹿太郎「（はっとし、慎森に）目を逸らした」
慎森「大丈夫です、まだ大丈夫です。（とわ子に）僕らのうちのどっちかってことあるよね？」
とわ子「（顔をしかめ）何で？」
鹿太郎「最後の恋をしているの？」

とわ子「（目を逸らす）」
鹿太郎「（はっとし）もう駄目かもしれないね」
慎森「簡単に諦めないでください」
とわ子「……」
鹿太郎「何も言ってくれないし」
慎森「（とわ子に）そんなことないよね？」
とわ子「何が？」
鹿太郎「質問に質問で返された」
慎森「図星ってこと？」
とわ子「何言ってんの？」
鹿太郎「逆ギレだ」
慎森「恋をしてるの？」
とわ子「そういうんじゃないよ」
鹿太郎「そういうんじゃないよが出た」
慎森「そういうんじゃないよ」
鹿太郎「そういうんじゃないってば」
慎森「そういうんじゃないのに……好き」
鹿太郎「やっぱり」

話し合う慎森と鹿太郎の声がひよこの鳴き声に聞こえており、黙って鍋をかき回しているとわ子。

とわ子、手を洗うと、さっとタオルを出す二人。

16　同・廊下

追い出された慎森と鹿太郎、とぼとぼと帰って行く。

鹿太郎「そういえば彼、来なかったね。待ち合わせしたのに」
慎森「時間と場所がわかってても、来る気持ちがなかったら会えませんよね」
鹿太郎「なるほどね」

17　レストラン『オペレッタ』・店内

閉店後の店内で、ひとりで囲碁をしている八作。
帰り支度をした潤平が出て行きながら。

潤平「もし旅行行きたくなったら、俺、ひとりでも頑張るから」
八作「(微笑み)ありがとね」

出て行く潤平。
八作、碁石を持ったままどこに置くか迷って、止まる。
手から落ちて床に転がった碁石。
八作、……。

18　ハイツ代々木八幡・大豆田家の部屋

とわ子、パソコンに向かって仕事をしていると、スマホのバイブ音が鳴った。
画面を見ると、『田中八作』からの電話着信だ。
とわ子、困惑しながらも、出て。

とわ子「はい」

19　レストラン『オペレッタ』・店内～大豆田家の部屋

スマホで話している八作。

八作「あー、いや、ごめん、遅くに」

大豆田家の部屋とカットバックし。

とわ子「うん、ううん」

八作「用事してた？　ちょっと、会えたりしないかな」

とわ子「……明日、早いんだよね」

八作「そっか……ちょっとでいいんだけどさ」

とわ子「（少し驚き）大丈夫？」

八作「うん？」

とわ子「二回聞くとか、珍しい」

八作「そか（と、微笑って）」

とわ子「……あれじゃないかな、無理じゃないかな」

八作「……」

とわ子「結局二人して、同じこと考える感じんなるよ」

八作「……そうだね。うん。ごめんごめん。じゃあね」

とわ子「うん。じゃあね」

とわ子、切れるのを待って。

とわ子「……切って」

八作「あ、うん。じゃあね」

八作、切って。

八作「……」

20　ハイツ代々木八幡・大豆田家の部屋

通話が切れたのを確認し、切るとわ子。
まだ動揺が残るが、再びパソコンに向かってキーを打ちはじめる。

21　レストラン『オペレッタ』・店の前

八作、店を閉め、帰ろうとしたところ、慎森が来た。
慎森「あ……失礼しました（帰ります）」
八作「（店を示し）飲みます？」
慎森「いえ、結構です」
八作、うっかり外灯を消してしまう。
八作「あ、ごめんなさい、消しちゃった」
また点けると、すぐ近くに慎森がいた。
八作「（え、と）」
慎森「最近ポテトチップス食べました？」
八作「食べてません」
慎森「じゃ、一杯だけ飲もうかな」

22　同・店内

笑いながらビールを飲んでいる慎森と八作。
眼鏡を交換したりしながら。

慎森「ほらほら、結構似合いますよ（と、微笑って）」
八作「似合いませんよ（と、微笑って）」

23　マディソンパートナーズ・会議室（日替わり）

会議前の雑談をしている大史、藍、数名の社員たち。
N「これ、小鳥遊大史」
大史、社員から求められ、コピー用紙に絵を描く。
N「絵があまり得意じゃない」
大史が描いた、自転車に乗った人の絵。
N「自転車」
大史が描いた、車の絵。
N「自動車」
大史が描いた、サッカーをしている少年の絵。
N「サッカーをしている子」
大史が描いた、猫の絵、馬の絵、鳥の絵。
N「猫。馬。鳥」
大史の絵を見て、爆笑している社員たち。
おかしいなあと思いながら、象の絵を描く大史。

×　×　×

会議がはじまり、上層部を相手に話している大史。
N「絵はあんまりだけど、仕事は出来る」

24　同・通路

歩いている大史と藍。
他の社員たちが大史のことを憧れの目で見ている。

N「これまでどんな仕事も成し遂げてきた、成功者。みんな、そう思ってる」
笑顔の大史。

N「自己評価はともかく」

25　回想、夜のオフィス

ひと仕事を終えた様子で、シャツの袖をまくり、デスクに腰掛けて缶ビールを飲んでいる大史と同僚。

N「何年か前、心を許しかけた同僚に話したことがある」

大史「なんだろな、数学が好きでさ、子供ん頃から」

×　×　×

回想インサート。
地面にしゃがんで、チョークで道いっぱいに数式を書いている子供の頃の大史の背中。

大史の声「好きっていうか、数学だけが友達だったっていうか」

×　×　×

回想インサート。
自宅にて、数学の専門書を手にし、読んでいる子供の頃の大史の後ろ姿。

著者名を見る。

大史の声「憧れの数学者みたいな人がいて、その人が教えてる大学に行きたくてさ」

×　×　×

回想インサート。

薄暗い台所に立って流動食を作っているジャージを着た高校生の大史の後ろ姿。

大史の声「ま、でも色々あって、やんなきゃいけないことっていうか」

×　×　×

流動食を持って、部屋に入る高校生の大史の後ろ姿。

介護用のベッドに寝ている人がいる。

大史の声「俺しかいなかったから、大学は行かないことになって」

×　×　×

回想インサート。

高校生の時と同じジャージを着て、鏡を見ている三十歳の大史の後ろ姿。

大史の声「十、五年間かな。それが終わった頃にはもう三十歳過ぎちゃっててさ」

×　×　×

同僚と缶ビールを飲んでいる大史。

照れたように、自嘲するように微笑いながら話す。

大史「あれ、俺、これから何したらいいんだろうって思ってた時に、社長に拾ってもらったからさ。

だからね、感謝してるんだよ。ただ、たださ……」
N「わかってもらいたいわけじゃなかった。ただ、ついうっかり話してしまった」
大史「なりたかった俺はこういうんじゃなかったんだよ」
大史、遠い目をしていると、同僚は苦笑し。
同僚「贅沢言ってんじゃねえよ。いいよなあ、おまえは」
大史「……そうだね、うん」
N「二度と人前で本音を言うのはやめた」

26　マディソンパートナーズ・大史の個室

ひとり仕事をしている大史。

引き出しの奥から古く色褪《いろあ》せた数学の専門書が出てきて、見つめていると、藍が入って来た。

藍「社長がお呼びです」

大史、本を引き出しに戻し、立つ。

27　同・社長室

深々と礼をし、出て来た大史。
大史「(困惑していて)……」

28　公園近くの階段（日替わり、朝）

ラジオ体操を終え、急な階段を降りるとわ子。

前を歩いてくれている大史。

たまに振り返って微笑みかけてくる。

なんか照れつつ、微笑み返すとわ子。

29　ファミレス・店内

話しているとわ子と大史。

とわ子「三回結婚して、三回離婚してます。娘もいます」
大史「三回結婚して三回離婚……素敵ですね」
とわ子「素敵ではありません」
大史「結婚と離婚、両方好きなんですね」
とわ子「好きではありません、スポーツと怪我の両方が好きみたいに言わないでください」
大史「サウナに入ったあとの水風呂っていいですよね……」
とわ子「……」
大史「すいません、何か前向きな表現をしようかと思って」
とわ子「(微笑って)大丈夫です」
大史「僕は独身なんですが」
とわ子「わたしも独身です」
大史「あ。実は先日、社長から、社長のお嬢様と結婚しなさいと言われまして」
とわ子「(内心、え、と思いながら)へー」
大史「とにかく二人で食事してきなさい、と」
とわ子「断れないんですか?」
大史「社長の命令には逆らえません」
とわ子「へえ……」
大史「ところが問題があって、僕、女性とあまり付き合ったことがないんですよね。はじめてお付き合いしたのが三十過ぎてからで、それもあんまり上手くいかなかったし」

とわ子「そんな風には……」

大史「見えませんって言われると、僕の何を知ってて？　って思います（と、微笑う）」

とわ子「（微笑って）失礼しました」

大史「好きじゃない人と結婚なんて変ですよね」

とわ子「あーでも昔はありましたよね。親や上司に決められた相手と結婚するっていうのは」

大史「あーそっかあ。じゃあ、いいのか」

とわ子「（え、納得するの？　と）」

大史「そのお嬢様と食事するんですけど、何を話したらいいと思います？」

とわ子「え、わたしが考えるんですか？」

大史「（頭を下げて）お願いします」

とわ子「……とりあえず褒めればいいんじゃないですか？」

大史「どんなことを……あ、ちょっと待ってください」

大史、手帳を出し、メモしはじめて。

大史「褒める？」

とわ子「（もう、と思いつつ）素敵なお洋服ですね」

大史「（とわ子に）素敵なお洋服ですね（と書き、とわ子に）僕と結婚しませんか？」

とわ子「まだ早いですよ？」

大史「素敵なお洋服ですね」

とわ子「同じところを二回褒めたらダメです」

30　ハイツ代々木八幡・大豆田家の部屋（日替わり）

出かけようとしたものの、戻って、鏡の前で髪型を確認し、整えるとわ子。

31　ファミレス・店内

また会って話しているとわ子と大史。

大史「髪、綺麗ですね」
とわ子「(照れたように髪に触れる)」
大史「(ノートを出して)というのは、何とか言えたんですが、そこから先がすごく疲れました」
とわ子「お相手はあなたの十倍疲れてると思いますよ」
大史「お嬢様は数学には興味ないし、共通の話題がない女性と何を話したらいいのか」
とわ子「探せば何かひとつくらいありますよ」
大史「……僕たち、座ってますね」
とわ子「座ってますね」
大史「今日は太陽がありますよ(と言って、苦笑)」
とわ子「いいんです、天気がいいですねでいいんですよ」
大史「(外を見て)自明のことですよね」
とわ子「みんな、自明のことを話してるんです。むしろ解明も証明も定義もしなくていいのが普通の会話です」

×　×　×

大史、手帳に何か描いている。

とわ子「たとえば普段から映画を観たり、小説を読んだり……何描いてるんですか?」
大史「あなたです」

とわ子「（照れて）え……確かに似顔絵って嬉しいかも」
大史、首を傾げながらとわ子に絵を見せる。
すごく下手。
とわ子「……絵はもう少し親しくなってからかな」

×　×　×

大史「手を握るにはどうすればいいですか？」
とわ子「小鳥遊さんは今三輪車に乗りはじめたところです。手を握るのは大型トラックです」
大史「いずれはトラックに乗りたいです」
とわ子「その時はまあ、たとえば、なんだろ、手相とか、手に文字を書いて当てるゲームをするとか」
大史「手に文字を書く？（と、とわ子の手を求める）」
とわ子、つい手を出す。
大史、指先でとわ子の手のひらに触れる。
とわ子、思わず引っ込めて。
とわ子「ダメです、トラックまだ早いです」

32　ハイツ代々木八幡・大豆田家の部屋（日替わり、朝）
とわ子、軽く口紅を塗っている。

33　ファミレス・店内
また会って話しているとわ子と大史。

大史「お嬢様が男性で好きなタイプを教えてくれました」
とわ子「やったじゃないですか」
大史「ただ、そのタイプと僕には距離があるような」
とわ子「どんな？」
大史「さわやかで青い空のような人が好きだと」
とわ子「遠いですね」
大史「僕、青い空じゃないですか」
とわ子「むしろ夜ですね。ちょっと雨が降ってる」
大史「そうかあ……（と、落胆）」
とわ子「諦めた方がいいんじゃないですか？　ちょっと雨が降ってる方が好きな人もいると思いますよ」
大史「それは無理です。社長の命令ですから」
とわ子「そうですよね。社長の命令なら、よその会社も乗っ取るんですもんね」
大史「意地悪言いますね」
とわ子「ご存じなかったですか、わたしは意地悪です」
大史「素敵なピアスですね」
とわ子「え、そうですか？（と、嬉しく）」
自分の耳に触れたらピアスはしていなかった。
とわ子「（練習だったと思い出し）父からのプレゼントです」
大史「そのワンピースと合ってます」
とわ子「（自分のジャージを見て）そうですか？（戻り）自転車には乗れるようになりましたね」
大史「やった」

するとと隣の席から声が聞こえる。

学生Aの声「どうしよう」

とわ子と大史、見ると、大学生風の男女四人がいて、テーブル上の三つのショートケーキを見ている。

学生A「どうやって三個を四人で分ける?」

学生B「三個を四人で綺麗に分けるのは無理でしょ」

大史「(微笑んで見ていて)」

とわ子「教えてあげないんですか?　三つのショートケーキを四等分に切り分ける方法、ご存じですよね」

大史「(微笑み)自分たちで考えるでしょ」

学生A、フォークでケーキを細切れに刻みはじめる。

爆笑し、細切れになったのをつついて食べる四人。

とわ子「……ダメだったじゃないですか」

大史「いいんですよ、あの方が思い出になるでしょ」

とわ子「(微笑んでいる大史を見つめ)そうか。そうですよね」

大史、ふいに冷めた表情となって。

大史「数学なんて生きる上では役に立たないんで」

とわ子「(え、と思って)そんなことないでしょ」

大史「むしろ邪魔しかしません」

とわ子「数学の話をしてる時の小鳥遊さん、楽しそうでしたよ。お仕事にしようと思ったことはなかったんですか?」

大史「仕事は楽しいとか楽しくないで選ぶものじゃありません。そんな考えは贅沢です」

とわ子「（そんな大史を疑問に思って）……」
大史「あ、口紅の色変わりました？」
とわ子「（ええ、と言いかけて）……」
とわ子、大史のノートを見ると、『口紅の色の変化に気付くこと』とある。
とわ子「……よくお気付きになりましたね」
大史「似合ってますね。あなたには赤がすごく似合う」
違う色を着けているとわ子、淋しく感じながら。
とわ子「ありがとうございます」

34　通り

歩いて来て、道が分かれるとわ子と大史。
大史「ありがとうございました。じゃ、また」
とわ子「次お会いするのは多分取締役会だと思いますよ」
大史「ですね。お手柔らかに」
会釈し、歩き出す大史。
とわ子も歩き出す。
するとすぐに物音。
とわ子、振り返ると、大史が誰かとぶつかっていた。
八作だった。
とわ子、あ……、と。
大史「あ、ごめんなさい」
八作「いえ、ごめんなさい」

八作が抱えていた段ボールのキャベツを二人で拾う。

とわ子、見ていて、……。

八作「ありがとうございます」

大史「いえ、失礼しました。どうも」

大史、歩き出す。

八作、段ボールを抱え直し、立ち上がる。

とわ子、八作が振り返る前に急いで立ち去る。

35 通り

帰るとわ子。

N「その帰り道、再びケーキにまつわる出来事があった。走る女の子を見た」

嬉しそうに両手でホールケーキの箱を抱えた五歳ぐらいの女の子が走っている。

とわ子、目で追っていると、女の子、放り出すようにケーキの箱を落としてしまった。

とわ子「(あ、と)」

ショックを受けた様子の女の子。

とわ子、駆け寄ろうとするが、女の子はケーキの箱を拾うと、また走って行ってしまった。

見送るとわ子。

N「誰のケーキだったんだろう。大丈夫だったかな」

いつまでも女の子の後ろ姿を見送るとわ子。

N「それがきっかけというわけでもないけど、昨日までの弾む気持ちが突然さっぱり消えた」

36 ハイツ代々木八幡・大豆田家の部屋(夜)

薄暗い中、とわ子、パーティー開けしたポテトチップスを食べながらテレビを観ている。

37　しろくまハウジング・会議室（日替わり）

とわ子、カレン、悠介、六坊、大史、藍、若木が出席している。

大史「この山岡《やまおか》市立図書館の建設、これはコストを度外視した無謀な受注だったんじゃありませんか」

とわ子「単体で利益は出てませんが、山岡市からは評価されて、学童施設施工の依頼が来てるんです」

×　×　×

カレン「何度か社長の口から聞いたことがあります。わたしは社長に向いてない、と」

とわ子「……」

六坊「それぐらいの愚痴は誰だってこぼすでしょ」

カレン「だけど社長ご自身の中に、自分は本来建築士なんだ。そんな思いがあったから、経営の判断を誤る機会が生じたんだと思います」

とわ子「……（反論しようとすると）」

大史「大豆田社長。わたしたちも解任などしたくはありません。会社の登記簿謄本に記載されては今後の経営にも影響が出るでしょうし、ハラスメントで訴えられれば会社の価値を下げることにもなる。出来ればご自身の意志で辞任していただけませんか？」

全員が注目する中。

とわ子「（内心揺れているが）辞任の意志はありません」

38　同・通路

カレン、出て行こうとすると、とわ子が追いかけて来て。

とわ子「(微笑み) 松林さん、お疲れさま」
カレン「(会釈し) ……」
とわ子「あのさ。あのね。あなたにはあなたの考えがあって、わたしにもやっぱりわたしの考えがあって。こういう形になって、まあちょっと残念だけど、あんまり気まずくはなりたくないんだよ。ずっと一緒に頑張ってきたし……」
カレン「そういうところですよ。そういうところが向いてないから勝てないんですよ」

背を向け、出て行くカレン。

とわ子「(淋しく) ……」

39　しろくまハウジング近くの通り

帰宅するとわ子、別方向に行く諒ら五、六人の社員に。

とわ子「(笑顔で) お疲れさまでした」

楽しげに話しながら行く諒ら社員たち。
ひとり離れて、ふいに表情が重くなる。
歩いていると、スマホが鳴った。
見ると、唄からで、慌てて出るが、切れた。
かけ直そうとした時、肩に腕が回り、振り返ると、唄が立っている。

唄「お」
とわ子「……お」

唄「西園寺《さいおんじ》くんが急に用事出来ちゃってさ」
とわ子「あ、そ」
唄「暇だからうちでご飯でも食べようかと思って」
とわ子「あ、そ、ま、いいけどさ……」
歩き出す二人。
突然、とわ子、唄を抱きしめる。
唄「えー何何何何」
強く抱きしめ続けるとわ子。

40 ハイツ代々木八幡・大豆田家の部屋

食事しながら話しているとわ子と唄。
楽しそうな笑顔の二人。

×　×　×

ソファーに座って、お茶を飲みながらテレビで映画を観るなどして、笑っているとわ子と唄。

×　×　×

自室のベッドに入って眠る唄。
とわ子、布団をかけ直して行こうとすると。
唄「ママ……?」
とわ子「うん?（と、顔を寄せる）」
唄「最近って、会社から帰る時いつもああいう顔してるの?」

とわ子「（え、と）」

×　×　×

唄の回想。
会社近くの通りで、社員たちと別れたとわ子が疲れた表情をしているのを見ていた唄。
唄の声「もうさ、頑張らなくてよくない？」

×　×　×

唄「前はさ、方眼紙見るだけでにやにやどきどきしてたじゃん。あの頃の方がよくない？」
とわ子「……」

×　×　×

椅子に座って、仕事の書類と共に置いてあるパソコンを開きかけて、ふと思う。
本棚で選んできて、ソファーに座る。
六〇年代の建築物の写真集、ページをめくっていく。
階段、窓、柱、レリーフなどを嬉しそうに眺める。
また別の写真集をたくさん選んで持って来た。
積み上げ、嬉しそうに開こうとして、ふと振り返る。
机の上のパソコン。
とわ子、……。

×　×　×

パソコンに向かって、黙々と表計算ソフトを操作し、仕事をしているとわ子。

41　同・廊下（日替わり、朝）

手を振って帰って行く唄を見送るとわ子。
手を振り続けるとわ子、……。

42　しろくまハウジング・オフィス（日替わり）

社長デスクにいるとわ子、パソコンに向かって仕事をしていると、慎森が来て、傍らに座って。

慎森「もしかしたらマディソンに勝てるかもしれないよ」
とわ子「え……」
慎森「というか、あの小鳥遊って男、近々自滅してくれるかもしれない」
とわ子「(え？　と)」
慎森「今、マディソンは社内で揺れてて、社長派と専務派で分かれてるんだって。小鳥遊は社長派で、学歴がないのに出世したのは社長の手足として生きてきたからなんだ。これまで社長の指示で大勢の敵を潰したり、無茶なこともしてきたから、相当恨まれてるらしい。駅の階段とかホームから突き落とされたこともあるほどだって」
とわ子「……！」
慎森「専務派が勝てば小鳥遊は追放される」
とわ子「……」

43　同・オフィス〜通路（夜）

慎森、羽根子と打ち合わせをしていると、とわ子がお疲れさまでしたと帰って行くのが見える。

慎森「(羽根子に) ちょっと待ってね」
慎森、帰るとわ子を追って、声をかける。
慎森「お疲れさま。あのさ……」
とわ子「ごめんなさい、打ち合わせあるんで。お疲れさま」
行ってしまうとわ子。
慎森「(見送って) ……」
背後で、最後の恋ね、と声がして。
慎森「そんなものあるわけないでしょ (と、振り返ると)」
六坊「ごめんなさい」
慎森「あ、や……」

44 ファミレス・店内

とわ子、待っていると、入って来る大史、前に座る。
とわ子「ごめんなさい。急に」
大史「いえ、僕もちょうどご連絡しようと思ってたんです」
とわ子「(え、と、少しの期待の中で) どうして、ですか?」
大史「ゆうべ、お嬢様からプロポーズされました」
とわ子「……」
大史「驚きますよね。僕も驚きました。そうは見えなかったんですけど、気に入ってくださったみたいで。まだピンと来ないんですけど、命令は達成出来そうです。ミッション完了です (と、複雑な笑みを浮かべる)」
とわ子「……」

大史「大豆田さんのおかげです。あなたに教えていただいた通りにしていたら、うまくいきました」
とわ子「……」
大史「本当にありがとう」
とわ子、顔を上げ、大史を見て。
とわ子「小鳥遊さんの魅力だと思いますよ」
大史「いや……」
とわ子「ううん、小鳥遊さんが素敵だからだと思います。おめでとうございます」
大史「あ、でもまだ返事はしてません」
とわ子「(え、と)」
大史「まずいですよね、結婚しましょうって言われたのに、すぐに返事しないなんて最悪ですよね」
とわ子「どうかな……」
大史「あ、あれじゃないですか、プロポーズの返事の仕方をまだ教わってなかったから。大豆田さんのせいですよ」
とわ子「……」
大史「あ、冗談ですよ?」
とわ子「どうしてすぐに返事しなかったんですか?」
大史「どうして。どうしてって……」
とわ子「返事しないと、ミッション完了にはならないですよ」
大史「そうですよね。やっぱりあなたが教えてくれなかったからですよ」
とわ子「わたしのせいにしないでください」
大史「あなたのせいですよ」
とわ子「わたしのせいじゃありません。滅茶苦茶言いますね」

大史「滅茶苦茶言ってるのはうちの社長ですよ（と、微笑う）」
とわ子「……」
大史「ほんと滅茶苦茶です。ひどいです（と、微笑っている）」
とわ子「……結婚、嫌なんですか？」
大史「嫌とは言ってないです。僕の嫌とか、好きとかそういう感情の問題じゃないんで」
とわ子「結婚は、僕の嫌とか、好きとかそういう感情の問題じゃないですか」
大史「命令なんで」
とわ子「命令されたら何でもするんですか？　その結果、階段から突き落とされたりしても」
大史「（え、と）」
とわ子「その上、好きかどうかもわからない人と結婚って」
大史「（自嘲的に微笑って）いつものことなんで」
とわ子「どうして社長さんの命令は絶対なんですか？」
大史「……（話そうと思うものの、しかしひとり首を振る）」
とわ子「どうしてですか？」
大史「聞いてどうするんですか」
とわ子「知りたいからです」
大史、とわ子を見て、迷いながらも。
大史「僕には、なんていうか、人生のない期間がありました」
とわ子「（え、と）」
大史「十七歳から三十一歳までなかったんです、人生が。それを拾ってくれたのが今の社長です。何をどうしたらいいのかわかんなくなってた僕に、とりあえずおまえ、人に作ってもらったメシ食えって。残り物のカレー、あったため直して食わせてくれて。おまえ、うち来て、俺の下で働けって。それで僕、そうか、今度はこの人のところに行けばいいんだって、ほっとしました。わかんないですよね、こんな説明じゃ。でも、そういうことなんですよ、僕は。僕が何をしたいとか、そういう贅沢言ったら……」

とわ子「小鳥遊さん」

大史「はい」

とわ子「今からうち来ませんか?」

45　レストラン『オペレッタ』・店内

慎森、入って来ると、カウンターに潤平がいて。

慎森「(見回しながら)こんばんは」

潤平「こんばんは。なんかあいつ、今日休むって」

慎森「へえ……」

× × ×

慎森、スマホで『英字新聞マン』の番号を表示させ、かけはじめる。

46　ハイツ代々木八幡・大豆田家の部屋

リビングに座って、待っている大史。

とわ子が台所からお盆を持って来て、カレーライスを二つ置いた。

大史「(ぽかんとカレーを見つめ)……」

とわ子「奢ります」

大史「いや……」

とわ子「たった一杯のカレーで人をとじこめられるんなら、たった一杯のカレーで逃げ出せばいいんです。そんな恩着せがましい社長のカレーよりずっと美味しいと思います。だって、人生は楽しんでいいに決まってる。あなたがそう教えてくれたから作れたカレーだから。食べましょう。いただきます」

食べはじめるとわ子。

大史「(そんなとわ子を見て)……」

大史、スプーンを手にし、食べはじめる。

何も喋らず、がつがつ食べる二人。

食べ終わって、綺麗になった皿にスプーンを置く。

大史「ごちそうさまでした」

とわ子「好きじゃない人との結婚なんて……」

大史「やめます」

とわ子「今、やめますって言いました?」

大史「言いました」

とわ子「(微笑って)良かった」

大史「何が良かったんですか?」

とわ子「いいえ、別に」

大史「結婚ってやっぱり良くないものですか?」

とわ子「え……そうは思わないですけど」

大史「だってあなただって、ひとりで生きていけるでしょ」

とわ子「……うーん、どうかな、前はそう思ってました。ひとりで焼き肉も行けるし、ひとりで温泉だって行けるし、わたしはひとりでも大丈夫だって」

大史「今は違うんですか？」

とわ子「違わないです。全然大きいことは違わない。でも、小さなことかな。小さなことがちょっと疲れるのかな。自分で部屋の電気を点ける。自分で選んで音楽をかける。自分でエアコンを点ける。ま、小さいことなんですけどね。ちょっとボタンを押すだけのことに、ちょっと疲れる感じ。そういう時に、あ、意外とわたしひとりで生きるのが面倒くさい方なのかもなって思います。なんにもしてないのに、明るい部屋で音楽が鳴っててあったかい、ってのに憧れます」

大史「また結婚したいって思うんですか？」

とわ子「思うのかなあ。あと何個目かのボタンを押した時に、したいって思うのかもしれません。ま、でも今は社長業が忙しいから（と、照れて微笑って）」

とわ子、皿を持って行こうとすると。

大史「どうして社長、辞めないんですか？」

とわ子「かごめと約束したんです。社長はわたしのやるべき仕事なんだって約束したんです」

とわ子、皿を持って行こうとすると。

大史「それって……」

とわ子「え？」

大史「それって、友達の言葉を大事にしたい気持ちはわかりますけど」

とわ子「あ、いいです」

大史「人から預かった荷物を……」

とわ子「そういう話はいいです、いいんです」

大史「どこまで人から預かった荷物を背負い続けるんですか？」

とわ子「……」

その時、インターフォンが鳴った。

呆れているとわ子に続き、入って来る慎森と鹿太郎。

×　×　×

慎森「お邪魔します」
鹿太郎「お邪魔します」
とわ子「何でうちで待ち合わせするの」
慎森「誰か来てたの？」
とわ子「誰も来てないけど？」
鹿太郎「やめなよ、この間も疑ったけど、単に湿気たポテトチップスが好きだっただけだし……」

慎森、テーブルの上の、二つのカレーの皿を示し。

慎森「何でカレーのお皿が二つあるの？」
鹿太郎「何でカレーのお皿が二つあるの？」
とわ子「お腹空いてたから」
鹿太郎「ま、お腹空いてたら二杯は食べるよね。むしろカレーは何杯でもおかわり……」
慎森「おかわりする時は普通同じお皿に盛るよね」
鹿太郎「おかわりする時は普通同じお皿に盛るよね」
とわ子「味比べしたから」
鹿太郎「味比べ？」
とわ子「こっちは昨日のカレーで、こっちは今日のカレー」
鹿太郎「どっちが美味しかった？」
とわ子「それは……」

慎森「無理しないで」
とわ子「何も無理してないよ」
慎森「別に僕は、この部屋に誰がいたって、気にしないし、そもそも文句を言う権利なんてないしね」
鹿太郎「そうだね、所詮元夫だしね……誰かいるの？」
とわ子「誰もいないよ。誰かいたら、ダメなの？」
慎森「ダメじゃないよ。わかってるよ。わかってるけど、わかろうとする気持ちを今探してるんですよ」
とわ子「あーもう面倒くさい。はい、いる。います。いるよ」
鹿太郎「え、誰が？」
とわ子「最近親しい人。ちょっと色々話してたの」
鹿太郎「まじか」
慎森「嘘だね」
とわ子「嘘じゃないよ」
慎森「その人はよく知ってる人だよ」
とわ子「……」
鹿太郎「どういうこと？」
慎森「いるんですよ。（周囲に）いますよね？」
鹿太郎「誰？　誰がいるの？」
慎森「田中さんですよ」
とわ子「（え、と）」
慎森「田中さんが今この部屋に隠れてるんですよ」

鹿太郎「何で彼が隠れてるの」
慎森「やましい気持ちがあるからでしょ」
鹿太郎「抜けがけか。（周囲に）田中さん？　田中さんいるの？」
慎森「田中さん？　出て来て」
鹿太郎「田中さん、卑怯だよ、君」
慎森、洗面所の方に行き。
慎森「田中さーん」
鹿太郎、唄の部屋の方に行き。
鹿太郎「田中さーん」
それを機に、とわ子、ベランダに行く。
外で、網戸を持って立っている大史。
とわ子、慎森と鹿太郎がこっちを見ていないのを確認しながら戸を開ける。
とわ子「（今のうちに玄関から出て。と）」
大史「（網戸は？　と）」
とわ子、網戸を受け取る。
大史、ベランダから入って来ようとしたら。
慎森「田中さん」
鹿太郎「田中さん」
戻って来た慎森と鹿太郎。
とわ子、慌ててカーテンだけ閉め、向き直る。
慎森「（とわ子を見て）何で網戸持ってるの？」
鹿太郎「外れたの？」

とわ子「そうだね」
鹿太郎「（周囲に）田中さん、出て来て」
慎森「（周囲に）田中さん」
その時、インターフォンが鳴った。
三人、振り返って見ると、インターフォンの画面に八作が映っている。
鹿太郎「田中さん、来た」
慎森「来た？」
とわ子「……」

×　×　×

訪れた八作、慎森、鹿太郎と共に、ベランダを背にして三人並んだ。
とわ子、……。
鹿太郎「田中さん、いつ来たの？」
八作「今です」
慎森「カレー食べました？」
八作「食べてません」
鹿太郎「だったら誰がカレー食べたの？」
八作「カレー盗まれたんですか？」
慎森「違います、カレーは別にいいんです」
八作「いいんですか」
鹿太郎「違うの、誰かがここにいるの」
慎森「誰か未知の存在がここにいるんです」

とわ子「いないよ、さっきからいないって言ってるでしょ」
その時、慎森、鹿太郎、八作の背後のベランダから風が吹き込んで、カーテンがふわーっと舞い上がる。
大史の姿が見えて、またカーテンが降りて消えた。
とわ子「……」
慎森「本当にいないの？（と、見回す）」
とわ子「いないってば」
またカーテンがふわーっと舞い上がって、大史が見えて、また消える。
とわ子「……」
鹿太郎「本当はいるんじゃないの？（と、見回す）」
とわ子「いないって」
風が吹き込んで、カーテンがふわーっ、ふわーっと持ち上がるたびに、ベランダに立っている大史が見え隠れする中。
鹿太郎「もうこれ以上はやめた方がいいんじゃない？」
慎森「そうですね。ごめんなさい、僕も動揺しちゃって」
鹿太郎「気を付けようね」
慎森「帰りましょうか」
鹿太郎「（八作に）君も帰ろう」
八作「はい」
とわ子、三人越しに大史を見ていて、……。

×　×　×

玄関より出て行く慎森、鹿太郎、八作。
見送っているとわ子。
最後に残った八作、振り返ってとわ子を見る。
八作「……（と、何か言いたそうに）」
とわ子「（遮るように）おやすみなさい」
とわ子、ドアを閉める。
とわ子、八作が立ち去る足音を聞き、部屋に戻る。
ベランダのカーテンを開け、立っている大史を見て。
とわ子「（苦笑）」
大史「（苦笑し、網戸を手にし）戻します？」
とわ子「出来ます？」
大史「もちろん」
大史、網戸をはめようとしはじめる。
傍らに立ったとわ子、そんな大史の横顔を見つめる。
大史、はめ続けながら。
大史「淋しい時は淋しいって言った方がいいですよ」
とわ子「（え、と）」
大史「人間って便利なもので、淋しがり屋には淋しがり屋が近付いてくるものです」
とわ子「そうなのかな……」
大史「実際、僕もあなたに惹かれて近付きました」
とわ子「……」
大史、網戸から手を離して、とわ子を見て。

大史「それ、分けませんか？」
とわ子「……」
その時、網戸が外れて倒れてくる。
大史、とわ子の手を摑んで引き寄せる。
寄り添う二人。
大史「（倒れた網戸を見て）……」
とわ子「すぐこうなんです……」
二人、気付く。
二人は手を繫いでいる。
大史「（微笑って）トラック乗っちゃいましたね」
とわ子「（微笑って）乗っちゃいましたね」
大史、そのままとわ子を抱きしめる。
とわ子、大史の腕に抱きしめられながら、肩越しにカメラを見て。
とわ子「大豆田とわ子と三人の元夫。また来週」

第8話終わり

第9話

1　しろくまハウジング・オフィス

出社してくるとわ子。

とわ子「おはようございます」

社長デスクに向かおうとすると、カレンが気付く。

カレン「あれ、社長、それってもしかして……」

とわ子「え？　あー、これのこと？」

とわ子、左手の甲側を向けて挙げる。

薬指に婚約指輪をしている。

とわ子「もうやだー、気付いちゃった？」

カレン、悠介、頼知、羽根子、諒、六坊、社員たち、えー、おめでとうございますと口々に声をかける。

とわ子「やめてってば、こんなのわたし、慣れてるんだから。はい、どうぞ、いいよ見て、どうぞどうぞ」

とわ子、左手薬指の指輪を見せてあげながら、拍手しているひとりひとりのデスクを回る。

とわ子「はいどうぞ、はいどうぞ、はい見て」

カレン「四回目おめでとうございます」

とわ子「ありがとう」

羽根子「四回目おめでとうございます」

とわ子「ありがとう。（みんなに）ありがとうね。みんな、ありがとうね。センキュー」

2　ハイツ代々木八幡・大豆田家の部屋

ソファーで寝ているとわ子、寝ながら左手を挙げて、誇示している。
ごろんと転がって落ちた。

× × ×

寝室、ベッドに入り、布団をかぶるとわ子。
さあ、寝るぞと穏やかに目を閉じる。
ふと気付き、目を開ける。

N「台所の換気扇つけっぱなしだった。地味にうるさい。けど、消しに行くのも面倒くさい」

大丈夫、寝れる、と思って目を閉じる。
インサート、台所の換気扇。
目を閉じているとわ子。
インサート、台所の換気扇。
我慢し、きつく目を閉じているとわ子。
インサート、台所の換気扇。

× × ×

台所に来て、換気扇を切っているとわ子。

N「負けた」

戻りかけて、なんとなく冷蔵庫を開けてみたら、プリンがあった。
目を逸らし、閉める。

× × ×

プリンを食べているとわ子。
N「蓋を剝がし切っていないのは、半分しか食べないぞという決意の表れ」

×　×　×

食べ切ったプリンの容器をごみ箱に捨てるとわ子。

スプーンを洗おうと思ったら水が跳ねて、浴びる。

N「おかしな夢を見たのも、換気扇の音で眠れなかったのも、夜中のプリンにも、すべてワケがある大豆田とわ子」

3　回想、ハイツ代々木八幡・大豆田家の部屋

とわ子、大史から一枚の写真を受け取り、見る。
素敵な一軒屋の写真だ。
とわ子「(わあ、素敵、と)」
大史「会社を辞めようと思います」
とわ子「(え、と)」
大史「知り合いがマレーシアで会社をしてて、ずっと誘われてたんです。大きな仕事じゃないけど、家も用意してくれるし、自分の時間が増えるから、数学の勉強もはじめられる」
とわ子「へえ……」
大史「その会社は不動産も扱ってるから、きっと建築設計の仕事も見つかるはずです」
とわ子「設計の……?」
大史「僕と一緒にマレーシアに行って、その家でのんびり暮らしませんか。僕は数学を、あなたは設計を、最高だと思いませんか?」

とわ子「それって……」
大史「人生を一緒に生きるパートナーになってくれませんか」
とわ子「（停止し）……」
Ｎ「そこから先も会話は続いたけど、全部同じに聞こえた」
大史「パートナーになってくれませんか。パートナーになってくれませんか。パートナーになってくれませんか」
とわ子「……」

4　現在に戻って、ハイツ代々木八幡・大豆田家の部屋

唄が来ており、とわ子と一緒にマレーシアの家の写真を見ていて。

唄「来たか、プロポーズ」
とわ子「（思わずにんまりして、しかしすぐに消し）違うよ、人生を一緒に生きるパートナーだよ」
唄「それ、プロポーズだね」
とわ子「プロポーズか（と、またにんまり）」
唄「最高じゃん。すぐ返事しなよ」
とわ子「あのさ、わたし、いちおう会社の経営者なんだよ」
唄「寿退社すればいいじゃん」
とわ子「社長の寿退社、聞いたことある？　おめでとう、お幸せにって寄せ書きもらう社長いる？」
唄「今まで三回受けてきたんだから、四回目なんて目つむって受けれるでしょ」
とわ子「キャッチボールみたいに言わないで。唄のパパからはされてないし」
唄「パパ、プロポーズしなかったの？」
とわ子「そうだね、まあ、なんとなく気が付いたらで……」

唄「家まであってさ。女としてこれ以上の幸せがある？」
とわ子「(ん？　そうか？　と)」

5　レストラン『オペレッタ』・店内

準備中の店内、唄が来ていて、カウンターの八作に。

唄「ママね、プロポーズされたよ」
八作「……」
唄「過去二回見てきたわたしの経験からすると、これは結婚あるね」
八作「……ふーん(と、内心動揺している)」
唄「何、ふーんって」
八作「ふーんはふーんだよ」
唄「ふーん」
八作「唄はママに似てるな」

入って来る慎森。

唄「(八作に)慎森には内緒ね。取り乱すから」

慎森、唄の隣に座って。

慎森「唄ちゃん、ワッフルいる？(と、包みを差し出す)」
唄「いる(と、受け取ろうとすると)」
慎森「(離さず)僕には内緒って何のことだろ」
唄「聞こえてた？」
慎森「もちろんさ(と、ワッフルはあげる)」
唄「さ、帰ろう。(二人に)じゃあね」

ワッフルを持って、帰って行く唄。
慎森「（向き直り、八作に）何ですか、僕に内緒って」
八作「中村さんのことじゃないですよ」
慎森「（八作を見つめる）」
八作「何で見つめるんですか？」
慎森「（八作を見つめる）」
八作「そんなに見つめないでください」
慎森「大豆田とわ子のことですか？　あるいは大豆田とわ子とあなたのことですか？」
八作「わかりません、知りません」
慎森「あなた、まさか彼女と続編を制作しようとしてるんじゃないでしょうね？」
八作「続編作りません。僕と彼女のことじゃありません」
慎森「だったら何ですか。まさか彼女と結婚……」
八作「（誤魔化そうと思って）僕、結婚するんです」
慎森「……」
八作「中村さんが知らない人とです。だから……」
慎森「誰と、何て名前の人ですか？　三、二、一」
八作「（適当に）や、屋敷佐和子《やしきさわこ》さんです」
　慎森、スマホを出して、屋敷佐和子を検索する。
　慎森、検索結果の画面を八作に見せて。
慎森「屋敷佐和子さん、プロボウラーですよ？」
　ボウリングしている女性の写真。
八作「……その人です」

慎森「プロボウラーとどこで知り合ったんですか？」
八作「ボウリング場です」
慎森「それはそうか。え、ということは……」
置いてある慎森のスマホが鳴る。
画面に『英字新聞マン』と出ている。
八作「(見て) ……」
慎森「(切って) 大豆田とわ子には伝えたんですか？」
八作「電話、出なくていいんですか？」
慎森「佐藤さんなんで」
八作「僕のことはなんて名前で登録してるんですか？」
慎森「内緒です」
八作「見せてもらっていいですか？」
慎森「いや、見せないです」
八作「見せてもらっていいですか？」
慎森「あっち行ってください」
八作、スマホで慎森にかける。
慎森のスマホが鳴り出した。
八作、画面を見ると、『無意識過剰マン』とある。
八作「…… (悲しそうに慎森を見る)」
慎森「(あまりに悲しそうなので) ごめんなさい」

6　バッティングセンター

ケージ内に立って、スマホで話しているとわ子。
とわ子「いいえ、ごゆっくり。大丈夫です。はい。はーい」
とわ子、スマホを切って、バットを摑み、どう持つんだ？　と思っていると、隣のケージに慎森がいる。
とわ子「え？」
さらに反対側を見ると、八作がいる。
とわ子「……何？　ここってストーカーセンター？」

×　×　×

とわ子、慎森のスマホでプロボウラーの屋敷佐和子さんの写真を見ている。
とわ子「……プロボウラーとどこで知り合ったの？」
慎森「ボウリング場だって」
とわ子「それはそうか」
八作「（参ったな、と思っていて）……」
慎森「色々質問した方がいいんじゃない？」
とわ子「何を？　え、てゆうか、え、本当に？（と、八作に）」
とわ子と慎森、八作を見る。
八作「自分でもこんなことになるとは思わなかった」
とわ子「あー」
八作「気が付いたらトントン拍子で」
とわ子「そうなんだー」
八作「一旦転がり出したらもう止まらなくて」

慎森「今の、ボウリングの喩《たと》えだね？」
とわ子「だね。彼女の口癖？」
八作「まあ……」
慎森「心のピンを倒されたんですね（と、笑って）」
とわ子「（大笑い）」
慎森「ストライク（と、笑って）」
とわ子「ストライク（と、笑って）」
八作「（そんなとわ子に）……」
慎森「（まだ笑いが止まらず）心のピンが、心のピンが……」
とわ子「（もう冷めてて）てゆうか嘘でしょ？」
八作「嘘です」
慎森「え？」
八作「まさかこんなつらいことになるとは思わず、つい」
慎森「じゃあ一体、誰と誰が結婚するんですか？」
八作「（とわ子を見る）」
とわ子「何でこっち見るの」
八作「つい」
慎森「どういうこと？　どういうこと？」
とわ子「薄く、薄くそういう話が出てるだけだよ」
慎森「誰に心のピンを倒されたの？」
とわ子「まだ倒されてないよ。返事してないもん」
慎森「返事？　誰に？」

とわ子「（諦め、言おうとする）」
慎森「あ、ちょっと待ってちょっと待って、近すぎる。この距離では安心して聞けない」
慎森、ピッチングマシーンの方まで走って行き。
慎森「はい」
とわ子「遠いなあ（と、言おうとすると）」
その時、大史が駆け込んで来て。
大史「ごめんなさい、遅くなって」
とわ子「（あ、しまった）」
慎森「（大史を見て、え、と）」
八作「（大史を見て）……」
とわ子「あ、いえ……」
大史「（八作を見て）お知り合いですか？」
とわ子「あ、あの、あ、はい、元夫です。（遠くで立ち尽くしている慎森を示し）あ、あの遠くにいる人も」
大史「（慎森を見て）あ、あの弁護士さんが。あー、ごめんなさい、お邪魔しちゃって」
とわ子「違うんです、この人たちが尾行して来ただけで」
慎森「どうも」
いつの間にか戻って来ていた慎森。
大史「どうも」
慎森「彼女の心のピンを倒そうとしてるのがあなただけだと思わないでくださいね」
とわ子「何言ってるの」
慎森「（八作に）ね」

八作「はい」
とわ子「（え、と八作を見る）」
慎森「（八作に）ね、彼女のこと、あれですよね」
八作「（大史に）はい、好きです」
　とわ子、慎森、大史、！　と。
慎森「僕だって」　**大史**「僕だって」
　牽制するように見合う慎森、八作、大史。
とわ子「（何これ、と）……」

×　×　×

　ケージに立っている慎森、八作、大史。
　飛んで来るボールをまあまあ打ち返す八作、大史。
　盛大に空振りしている慎森。
　後ろのベンチに座って、その様子を眺めるとわ子。
N「これも夢か？　違うな」
　笑いが込み上げて来るとわ子。
とわ子「はは、下手くそ」
　他の二人を見て、悔しい慎森、力任せに振る。
　見事にボールを打ち返した。
とわ子「おー」
慎森「（どうだ！　ととわ子を見る）」
とわ子「（やったね！　と微笑み返す）」

八作・大史「（そんなとわ子と慎森に）……」
　俄然本気になり、ボールに向かう慎森、八作、大史。
　競って、がんがん打ち返しまくる。
　とわ子、そんな三人を見て、楽しげに歌う。
とわ子「♪　口びる　あなたのシャツに押し当てて　ギリギリ心のそば近づけば」
　打ち続ける三人。
とわ子「♪　恋も夢も明日君のもの」
　脇に置いた慎森の上着の上のスマホに『英字新聞マン』からの着信が来ている。
とわ子「♪　ねえ誰か　彼に告げて　愛がずっとひとりぼっちよと～」
N「なんだかんだ言ってまんざらでもない大豆田とわ子、今週、こんなことが起こった」

7　今週のダイジェスト

　ヘアスプレーを持って慎森の背後から襲うとわ子。
N「三番目の元夫に襲いかかる大豆田とわ子」

×　×　×

　インターフォンに映っている八作と話すとわ子。
N「最初の元夫を門前払いする大豆田とわ子」

×　×　×

　大史と抱き合って、口元を大史の顔に寄せるとわ子。
N「四度目の結婚あるやなしや、な大豆田とわ子」

×××

何か（母の遺影）を見つめているとわ子。

N「決断の時を迎えた大豆田とわ子」

8　バッティングセンター

N「そんな今週の出来事を今から詳しくお伝えします」

とわ子、競ってバットを振っている慎森、八作、大史たちを眺めながら。

とわ子「♪　愛がずっとひとりぼっち～」

とわ子、振り返ってカメラを見て。

とわ子「大豆田とわ子と三人の元夫」

また向き直って、三人を見て。

とわ子「よと～」

○　タイトル

9　しろくまハウジング・会議室（日替わり）

とわ子、カレン、悠介、六坊、藍、若木、市橋が参加し、取締役会議が行われている。

N「社内で揉めているのだろうか。会議に来なくなった小鳥遊大史」

藍「大豆田さんがこの会社を経営する利点って何でしょ？」

若木「見つかりませんよね」

とわ子「……（と、反論出来ない）」

N「大丈夫かな」

10　同・オフィス

とわ子と六坊、立ったまま話している。
六坊、自分が持っている書類に気付いて。
六坊「あ、すいません、一瞬待っててていただけますか」
とわ子「はい」
待つとわ子。
N「人によって、一瞬って違う」
戻って来た六坊。
六坊「お待たせしました」
N「彼の一瞬は二十秒」

×　×　×

とわ子と諒、デスクで話している。
諒「あ、ごめんなさい、一瞬いいですか」
とわ子「はい」
待つとわ子。
戻って来た諒。
N「彼の一瞬は十二分」
結構待たすなあと思うとわ子。

×××

ケータリングコーナーで弁当を選ぶとわ子と頼知。

頼知「確かに人によって、一瞬って違いますよね」

慎森が悠介と話しているのが見える。

悠介「すいません、一瞬いいですか?」

慎森「僕の一瞬ってせいぜい二秒だけど、君の一瞬は何秒?」

悠介「あ、えっと、これを大壺《おおつぼ》さんに渡して、戻って来て」

慎森「十七秒かな」

ダッシュする悠介。

とわ子と頼知、見ていて、……。

とわ子「まあ、人生って長いから……」

角の方でひとりぽつんと食べているカレン。

とわ子、カレンのそばに行って。

とわ子「松林さん、一瞬いいかな?」

11　ハイツ代々木八幡・大豆田家の部屋（夜）

ワインを飲みながら、料理を作っているとわ子。

対面に立ったカレン、ワインを飲みながら。

カレン「社長のご飯食べるの久しぶり」

とわ子「上司の家に呼ばれてご飯食べさせられるの嫌じゃない?」

カレン「社長は上司って感じしないから。あ、厭味で言ってないですよ」

とわ子「厭味でもなんでもいいよ。あなたの意見で今までどれだけ助かってきたか」
カレン「……」
とわ子「松林さん、しろくまの社員四十一人のこと、どう思ってる？」
カレン「好きですよ」
とわ子「松林さんが経営者になるとしたら、社員はどうする？」
カレン「数名残して、特許管理会社にするのが一番利益を生みますね」
とわ子「そうかー」
カレン「でもそれじゃ意味がないし、未来もない。全員残して、マディソンと折り合いつけてバランス取っていく、っていうのが今の考えです」
とわ子「そうか」
カレン「そしたらわたしに社長譲ってもいいですか（と、軽く）」
とわ子「いいよ」
カレン「……」
とわ子「もしね、もしそうやってね、みんなのことを……」
カレン「（目から涙が落ちる）」
とわ子「え？　どうしたの？」
カレン、腕で顔をおおって背を向けて。
カレン「何でもないです。何でもありません。ごめんなさい」
とわ子「（火を止め、行き）どうしたの」
カレン「ごめんなさい。ごめんなさい」
とわ子「松林さん」
カレン「（泣きながら）せっかく社長、頑張ってきたのに……」

とわ子、泣くカレンの背中に腕を回して抱いて。

とわ子「バカー。泣かないの。松林さんは間違ってないよ」

N「マレーシアに行けない理由がまたひとつ減った」

×　×　×

カレンが帰った後、パソコンで作業しているとわ子。

手を止め、マレーシアの家の写真を見る。

夢見るように眺める。

12　高級マンション・一室の浴室（日替わり）

満面の笑みの慎森。

広くて立派な浴室にて、大型犬にシャンプーをかけ、洗っている。

N「これ、先輩んちの犬を洗っている中村慎森」

慎森「よーし、よしよしよし。気持ちいいね。よーし。よしよしよし……コラコラ、くすぐったいよー」

ごしごし洗っていると、スマホが鳴ったので、出ると、ビデオ電話で、鹿太郎が映って。

鹿太郎「あ、慎森？　あ、僕です……」

慎森、すぐに切って、また犬を洗う。

この家の子供の姉妹がその様子を見ている。

慎森「僕はね、犬を洗うことが何よりの幸せなんだ」

妹「何でトリマーにならなかったの？」

慎森「……そうだね。僕の人生は間違えてばかりだ」

萬田《まんだ》行彦《ゆきひこ》（39歳）が来て。

萬田「ワッフルいただいたから食べなさい」
部屋に戻る姉妹。
慎森「はい……」
萬田「マディソンのことだっけ？　あそこの社長は相当無茶してるよ。実はさ……」
慎森「いえ、これぐらいの大きさの犬は毎日でも洗いたいので」
萬田「悪いね」

１３　同・エントランスあたり

動揺のある慎森、帰ろうとすると、スマホが鳴った。
出ると、鹿太郎がビデオ電話で映って。
鹿太郎「中村くん？」
慎森「はい」
鹿太郎「さっき何で切ったの？」
慎森「犬を洗ってたんで」
鹿太郎「僕の用事より、犬を洗う方が大事だって言うの？」
慎森「（この人、何を当たり前なことを）」
鹿太郎「あのさ、今長期撮影で広島来てるんだけど、なかなかのトラブル起きちゃって、弁護士さんの意見を……」
慎森、切って、急ぎ足で行く。

１４　ハイツ代々木八幡・大豆田家の部屋

とわ子、クローゼットで服を選んでいると、ポケットから畳んだ千円札が出て来た。

嬉しくなり、「ポケットからきゅんです！」の替え歌で。

とわ子「♪　ポケットから千円　去年の千円」

気分良く服を選んでいると、ラインの着信。

大史からで、『打ち合わせ終わりました。時間通りに行けそうです』とある。

とわ子、『はい。のちほど』と送る。

またすぐに通話の着信がある。

見ると、『田中八作』からだ。

出ようかと迷うが、置いておく。

切れた。

手にし、かけ直そうと思うが、やはりやめる。

すると今度はインターフォンが鳴った。

×　×　×

とわ子、玄関のドアを開けると、慎森が立っていて。

とわ子「待ち合わせする。それはとても普通。電話かかってくる。それもまあ普通。家にいきなり来る。最悪」

慎森「外は危険でいっぱいだよ」

とわ子「もう行かないといけないの」

慎森「知らない人から道を聞かれるかもしれない」

とわ子「教えてあげる」

慎森「どこに行きたいんですかって聞いたら、どこだと思います？　って聞かれるかもしれない。あ

ー外は怖い怖い……」

とわ子「どいて」

慎森「どかない」

慎森、とわ子のスマホを奪って、部屋に入って行く。

とわ子「守らなくていい」

慎森「僕は君を危険から守ろうとしてるんだよ」

とわ子、追う。

慎森、とわ子の寝室に入って行く。

とわ子「時間ないんだから……」

とわ子、寝室に入ると同時に、慎森、出た。

慎森、ドアを閉めた。

とわ子「何。何してんの?」

開けようとするが、開かない。

反対側から慎森がドアを引っ張って開けさせないようにしている。

とわ子「開けなさい」

引っ張り合う。

手が滑って、尻餅をつくとわ子。

とわ子「何で?」

慎森、引っ張り続けながら。

慎森「あいつは最悪だ」

とわ子「え?」

慎森「髭の人だよ、髭をちゃんと剃らない人のことだよ」

とわ子「小鳥遊さん?」

慎森「名前なんて知らないね。髭の人のことを言っているんだよ、僕は」
とわ子「髭の人がどうかしたの」
慎森、ドアを少し開けて、顔を出して。
慎森「ああいう人はね、ロクなものじゃないね。嘘つきで、デタラメで、インチキだ」
とわ子「もう人の悪口とか言わないって言ってなかった？」
慎森「悪口じゃないよ。いい意味で言ってるんだよ。いい意味で最低最悪だって言ってるんだよ」
とわ子「いい意味で最低最悪って何？」
慎森「いい意味で地獄に落ちればいいと思うね、いい意味で」
とわ子「いい人だよ？」
慎森「それは何、悪い意味でいい人ってこと？」
とわ子「確かに仕事では対立関係ではあるけど、プライベートでは、すごくちゃんとした人なんだよ」
慎森「君って人はなんて人を見る目がないんだ」
とわ子「知ってる」
慎森「一時《いっとき》の感情で取り乱して」
とわ子「一時の感情で取り乱してる人、今見てるけど」
慎森「僕はこれが普通。プロポーズ受けるんじゃないだろうね」
とわ子「受けるっていうか……」
慎森「あー怖い怖い、プロポーズ怖い。サプライズの指輪渡されちゃうよ、ひざまずかれちゃうよ、他のテーブルのお客様から同調圧力の拍手送られちゃうよ」
とわ子「そんなんじゃ断る理由にならないよ」
慎森「あるでしょ、断る理由。唄ちゃんのこととか」

とわ子「唄は歓迎してくれてる」
慎森「君は社長だし」
とわ子「松林さんはいい社長になれると思う」
慎森「あるでしょ、他にも断る理由」
とわ子「……ないな」
慎森「僕がいやだ」
とわ子「元夫の意見は断る理由には……」
慎森「元夫だけど、誰より君のことを思ってる」
とわ子「……」
慎森「髭の人はダメだ」
とわ子「（苦笑して息をつき）とりあえずここ出してくれる？」
慎森「ダメ」
とわ子「ダメって何」
慎森「ダメはダメ」
　慎森、ドアを閉めた。
　とわ子、やれやれとなって、ふと思う。
　反撃の案を考える。

×　×　×

　部屋の外の慎森、ドアを引っ張っていると、中からとわ子が激しく咳き込む声。
慎森「え、大丈夫？」
　慎森、ドアを少し開けると、とわ子はいない。

あれ？　と思って、膨らんでいるベッドに進む。
開けたドアの裏に張り付いて潜んでいたとわ子。
ヘアスプレーを手にしている。
慎森、ベッドの布団をめくると、枕。
慎森、え、と振り返ると、背後に立っていたとわ子、ヘアスプレーを向ける。
慎森「（うわぁぁと叫んで）」
とわ子が吹きかけるより先に、のけぞってベッドの縁にぶつかって、転んだ。

×　×　×

リビングのソファーにて、慎森の頭のたんこぶを冷やしてあげているとわ子。
とわ子「わぁ、痛そう。痛そうだ。痛い？　ねえ、痛い？」
慎森「痛い」
とわ子、たんこぶをつんとする。
慎森「痛い。痛いって言ってるじゃん」
とわ子「（ふふふと微笑って）」
慎森「ひどい人だね」
とわ子「あのさ、ニュースで見たことあるでしょ。昔の恋人とか夫が起こす事件。今あの状態だからね」
慎森「自分の中にそういう自分がいることは知ってる。大丈夫だよ、よりを戻そうなんて言わないから」
とわ子「当たり前だよ、戻るわけないじゃん」
慎森「もしかしたら続編があるかもしれないけどね」
とわ子「続編は一作目を越えられないよ」
慎森「何で」

とわ子「何でかは知らないけど」
慎森「恋愛にはときめきのピークがあるからだよ」
とわ子「ときめき？」
慎森「だから人は結婚して夫婦になる。離婚は面倒くさくて、面倒くさいはすべてに勝つから、夫婦を繋ぎ止められる」
とわ子「そうかな？」
慎森「恋人だったらとっくに別れる出来事を夫婦は何度も乗り越える。だから強くなる。ときめきが強さに変わる」
とわ子「あーそれはそうか」
慎森「僕は君に恋をしたし、結婚はしたけど、強い夫にはなれなかった。悔やんでも悔やみきれない」
とわ子「もう悔やまなくてもいいよ」
慎森「森の中で暮らす一匹の熊になりたい」
スマホのバイブ音が鳴る。
慎森、取り出してみると、鳴っていない。
慎森「ん？」
慎森、反対側のポケットからとわ子のスマホを取り出すと、鳴っている。
とわ子「わたしのだよ。誰から？」
慎森「勧誘だよ。怖い怖い、マニュアルを読み上げられるよ」
繰り返し、着信音。
とわ子「返して」
慎森、台所に逃げる。
慎森「あいつは最悪だ。悪い意味で最悪だ」

とわ子「返して」

慎森「あ、なんか食べる？　なんか作ったげようか？」

慎森、戸棚を開けると、パスタが降り注いできた。

浴びる慎森、わあ、と。

慎森、隣の戸棚を開ける。

手を伸ばして取ろうとしたら容器が倒れた。

小麦粉がこぼれ、頭から浴びた慎森。

とわ子「大丈夫？」

慎森「（スマホを摑んで）こいつは君を社長から引きずり下ろそうとしてる」

とわ子「それはそうだけど、それとこれとは別だから」

慎森「それとこれは別じゃない。だって君は働いて、恋をする人なんだから」

とわ子「（え、と）」

慎森「人は働く。人は恋をする。働く君と恋をする君は別の人じゃない。分けちゃダメなんだ。誰より僕が知ってる」

とわ子「……」

慎森「働く大豆田とわ子を否定する奴は離婚されて当然だ」

とわ子「まだ結婚してない……」

慎森「前例があるだけに未然に防ぐべきなんだ」

とわ子「（そんな慎森を見つめ）……違うよ。違うんだよ」

慎森「違わない……」

とわ子「もうひとりが嫌なんだよ。限界なんだよ。誰かに頼りたいんだよ。守ってもらいたいんだよ」

慎森、粉の入った目をこすりながら。

慎森「人の孤独を埋めるのは愛されることじゃないよ。愛することだよ。そして君には愛する人がいる」

とわ子「だから……」

慎森「知ってる、僕のことじゃない。髭の人でもない。残念ながら、君はあの人を愛してる」

とわ子「(え、と、そのことを思う)……」

慎森「その人も君を……」

膝をついて、がっくりとうなだれる慎森。

とわ子、そんな慎森を見て息をつき、置いてあったタオルを手にし、真っ白な髪、顔を拭いてあげる。

とわ子「大丈夫? おじいさん(と、慎森の手の中のスマホを見ている)」

慎森「ごめん……」

慎森、離し、床にスマホが置かれた。

とわ子、さっと摑んで。

とわ子「いいよ」

スマホを持って逃げるとわ子。

慎森「あ……」

とわ子、振り切って寝室に入り、スマホを見る。

ラインの着信が五十二件ある。

え? と思って開くと、しろくまハウジングの多くの社員が送信してきている。

城久間悠介のトークを開くと、『ニュース見ましたか?』『ニュース見てください』『社長、連絡ください』『マディソンに検察が入りました』とある。

驚くとわ子、急いでニュースサイトを見る。

速報ニュースの記事で、『検察庁特捜部、マディソンパートナーズを株式不正取引の容疑で一斉家宅捜索』といった見出し。
とわ子「（呆然と）……」
入って来た慎森。
慎森「（そんなとわ子を見て、見てしまったか、と）心配することないよ。その人は君のパートナーじゃない……田中さんだよ」
とわ子「……何それ。全然面白くない」
とわ子、立ち上がり、寝室を出て行く。
慎森「（見送って）……」

15　レストラン『オペレッタ』・店内

買い出しして来た食材を出している八作と潤平。
潤平「あれ？　大葉買いに行ったんじゃなかったっけ」
八作「あー、ぼーっとしちゃってた。ダメだな」
潤平「二人でダメならもうダメじゃん、この店」
何か物音が聞こえた。
二人、振り返るが、誰も入って来ない。
潤平「死に神かな？」
八作「（苦笑し）……」

16　カフェ・店内（夜）

とわ子、入って来ると、奥のテーブルに大史がいて、笑顔で手を振る。
とわ子、前に座ると、大史はノートを広げていて、数式を書いていた。

大史「（笑顔で）こんばんは」
とわ子「こんばんは。ごめんなさい、遅くなって」
大史「（数式を示し）今ね、この店の人の流れを……」
とわ子「ここにいていいんですか？」
大史「用があったら向こうから来るでしょ。僕が逮捕される現場を目撃出来るかもしれませんよ？
（と、微笑う）」
とわ子「全然面白くありません。容疑には関わってたんですか？」
大史「社長案件だし、任意の事情聴取はあるかもしれません」
とわ子「（心配し）……」
大史「でもこれは僕にとっていい報《しら》せです。社長は退任するだろうし、恩人と争わずに旅立つことが出来ます。しろくまハウジング買収だって頓挫するでしょう。そしたらあなたも安心して社長を辞められる」
とわ子「（そうか、と）」
大史「支度が整ったっていうことです」
とわ子「……」
大史「あ、でも返事は急ぎません。あなたにも解決しないといけないことがあるでしょうから」
とわ子「……（無いな、と）」

17　レストラン『オペレッタ』・店内～店の前

八作、客にサーブし、戻ろうとしたら、外で物音。
うん？　と思って外に出るが、誰もいない。
八作、……。

18　ハイツ代々木八幡・大豆田家の部屋

台所に立っているとわ子。

パスタが茹であがって、ザルで湯切りし、ソースにからめようとした時、インターフォンが鳴った。

とわ子「え（と、顔をしかめる）」

とわ子、とりあえずパスタを置き、インターフォンを見ると、八作である。

とわ子「（動揺し）……」

19　同・エントランス〜大豆田家の部屋

インターフォンの前に立っている八作。
とわ子が出て、声が聞こえる。
とわ子の声「ねえ、しつこい」
八作「（ごめんと頷く）」
以下、部屋のとわ子とカットバックして。
とわ子「今、パスタ茹であがったところなんだよ」
八作「（ごめんと頷く）」
とわ子「何？　パスタ伸びちゃうんだけど」
八作「言っておかなきゃいけないと思って」
とわ子「（息をつき）何を？　早くして。切るね……」
八作「君を好きになって、君と結婚して良かった」
とわ子「……」

八作「君と結婚して幸せだった」
とわ子「……」
八作「ありがとう。幸せになってください」
とわ子「……」
画面に向かって手を振って、立ち去る八作。
その姿が見えながら、インターフォンの画面が消えた。
とわ子「（動揺し）……」
とわ子、行こうと思うが、しかし止まる。
行ったらダメだと思って台所に戻り、茹であげたパスタの調理を再開する。
とわ子「伸びちゃうんだよ……」

20　しろくまハウジング・オフィス（日替わり）
テレビの前に集まって、マディソンの株式不正取引のニュースに見入っている社員たち。

電話しながら慌ただしく行き交う社員たち。

話しながら会議室へ向かうとわ子、悠介、羽根子。

21　同・会議室
とわ子、悠介、羽根子、社債の発行を急ぎ、資金の調達を行う相談をしていると、ノックの音がした。

とわ子「どうぞ」

カレンが入って来た。

悠介と羽根子、慌てて書類、タブレットを隠す。

とわ子「松林さんにも参加してもらいます」
悠介「（え、と思うが、とわ子を見て）わかりました」
カレン、席に着く。
とわ子「（カレンに）社債を発行して、マディソンに買われた株を買い戻します」
カレン「専務派のひとりを知ってるので、繋ぐことが出来ます」

22　同・オフィス

打ち合わせを終え、戻って来たとわ子とカレン。
カレン「（謝罪の思いで）社長……」
とわ子「（微笑み）頼りにしてるよ」
経理部に戻った羽根子が呼ぶ。
羽根子「松林さん、現場経費の精算、確認してもらえますか」
カレン「はい」
カレン、羽根子の元に行く。
設計部で打ち合わせしている頼知が呼ぶ。
頼知「松林さん、下請けへの発注書ってわかりますか？」
カレン「はい、今行きます」
頼られ、溶け込んでいるカレン。
とわ子「（見つめ）……」

×　×　×

とわ子、デスクにて仕事をしていると、悠介が呼ぶ。

悠介「マディソンの社長の謝罪会見がはじまります」
とわ子、席を離れ、テレビの前に集まっている社員たちの元に行く。

×　×　×

夜になって、とわ子、デスクに戻ろうとすると、カレンと頼知と六坊が話している。

六坊「何とかなりそうですね」

カレン「(腕を叩き) しろくまは負けませんよ」

とわ子、見ていると、スマホに着信がある。

大史からラインメッセージで『退職願が受領されました。今晩会えますか?』とある。

とわ子、思うところありながらも、『はい』と打つ。

23　ハイツ代々木八幡・大豆田家の部屋(夜)

台所で料理が支度されており、テーブルに二人分の食器、グラスのセッティングをしているとわ子。

楽しそうに揃えていると、スマホに着信。

唄からのビデオ電話だ。

とわ子「おー」

唄「ねえ、写真送った、見て」

とわ子、切り替えると、とわ子と唄の写真。

写真加工アプリの美化機能がすごく効いていて、目が大きく、きらきらしているとわ子。

とわ子「(苦笑し) 何これー」

続いて届く、すごく美化された八作の写真。

背景もきらきらしている。

とわ子「（ぷはっと笑って）ちょっとー」

続いて、すごく美化された鹿太郎の写真。

とわ子「（笑って）何、きらきらしてんの」

すごく美化された慎森の写真。

とわ子「（笑って）おかしいって」

またビデオ電話に戻って、唄が映る。

唄「あれ、誰か来るの？」

とわ子「うん？」

画面に、テーブルの食事セットが映っている。

とわ子「あ、うん、まあね」

唄「あー。返事するの？」

とわ子「……ねえ、唄さ、一緒に会おうよ？」

唄「わたしが決めることじゃないでしょ。信頼出来る人なんでしょ？　ママを守ってくれそうな人なんでしょ？」

とわ子「そうだね。そうだよ、うん」

唄「ママは自分が思ってるほど強くないんだよ。誰かにいてもらった方がいいよ」

とわ子「……そうだね。うん。そうだよね」

笑顔になるとわ子。

唄「（画面を見て）あ、ごめん。出かけてくるね」

とわ子「え、今から？」

唄「西園寺くんがコーラ買ってきてって」

とわ子「……何で唄が買いに行くの？」
唄「西園寺くん、勉強中だから」
とわ子「でも……」
唄「すぐ近くだよ」
とわ子「唄だって……」
唄「はいはいはいはい、じゃあね、行ってくるね」
切られた。
とわ子、……。
なんだか落ち着かなくなる。
ふと思って、母の写真の前に行く。
母を見つめる。
母の声「とわ子はどっちかな？　ひとりでも大丈夫になりたい？　誰かに大事にされたい？」
とわ子「……」

×　×　×

入って来る大史を招き入れるとわ子。
とわ子「すぐ出来るから、飲んでてください」
大史「（テーブルを見て）わあ……すごいな」
とわ子「（支度をはじめて）何時から聴取だったんですか？」
大史「朝九時からです。でも今日はそんな話より……」
大史、封筒から何か出し、カウンターに並べていく。
マレーシアの家の、リビング、キッチン、寝室、浴室、柱、レリーフなど細部に至る内装写真。

大史「マレーシアの家です」
とわ子「（わぁ、と）」
とわ子、感激しながら見つめ、手に取りかけて。
とわ子「触っていいですか？」
大史「どうぞ」
とわ子、手を拭き、写真を手にし。
とわ子「……あ。これ、この柱や壁のレリーフ、コロニアル様式っていうんですけど」
大史「へえ」
とわ子「建てられたのって九〇年代で、多分ジェフリー・バワっていう人の影響があるんだと思います。（頷きながら）うん、そうだ……」
大史「これだけでそんなことがわかるんですか」
とわ子、線を引く仕草をしながら。
とわ子「ええ、十代の頃からいつか自分でもこういう家を作ってみたいなあって……」
とわ子、ふいに言葉に詰まる。
大史「（写真を見ていて、とわ子の表情に気付かず）素敵ですもんね……」
とわ子「（ある考えが頭にあって）ええ……」
大史「ラッキーだな。夢が叶いますね（と、微笑みかける）」
とわ子「（微笑み応える）」
大史、台所に入り、腕まくりして手を洗って。
大史「これ、切ればいいですか？」
とわ子「はい」
大史、調理しはじめる。

とわ子「パクチー平気ですか？」
大史「パクチー、ダメだったらマレーシア行こうって」
とわ子「言いませんね（と、微笑み）あ、そうだ。音楽……」
とわ子、パソコンの方に行く。
曲を選びながら、ふと振り返って。
とわ子「（料理をする大史を見つめ）……」
またパソコンを操作し、曲を再生する。

× × ×

音楽の流れる中、二人で手分けして料理を作っているとわ子と大史。
笑みを交わして、楽しそうな二人。

× × ×

テーブルで食事しているとわ子と大史。
料理を示し、これ美味しいですねと話している。

× × ×

食後、ワインとチーズを食べているとわ子と大史。
大史は事情聴取での出来事を面白おかしく話し、とわ子は笑っている。

× × ×

とわ子、大史を連れて本棚の前に行く。

本を手に取って、写真を見せ、説明するとわ子。
興味深そうに頷きながら聞いている大史。

×　×　×

ワインを飲みながら、数学の問題を一緒に解いているとわ子と大史。
打ち解け、安らぎ、肩に手をやり、笑っている二人。

×　×　×

とわ子、マレーシアの家の写真を見ている。
同じく写真を見ている大史の横顔を見る。
とわ子「……小鳥遊さん」
大史「(うん？　と)」
話しはじめるとわ子。

24　通り

歩いて来るとわ子と大史。
笑いながらラジオ体操の話をしている。
大史「ここ、ここが特に、他の人と合わなくないですか？」
とわ子「そうなんです、そうなんですよー。ま、でも性格も指紋と同じなんですよね。指紋が合わないように、人もみんな違うんですから」
大史「確かに。そうですね。人は違うんですもんね」
微笑む二人。

大史の帰り道の前に立って、見つめ合う二人。
どちらからともなく抱き合う。
とわ子、顔を寄せ、大史の頬にキスする。
一瞬せつなさを浮かべ、またすぐに微笑む二人。

大史「じゃ」
とわ子「(頷き) じゃ」
手を挙げて背を向け、歩き出す大史。
見送ったとわ子も背を向け、歩き出す。

25 レストラン『オペレッタ』・店内

八作、グラスを磨いていると、物音がした。
またただと思って、出入り口の方に行こうとした時、とわ子が入って来た。
とわ子、八作、目が合って、……。

とわ子「(見回し) もう閉めた?」
八作「ううん。今日は、なんか暇なんだよね」
とわ子「じゃ、いいかな?」
八作「(カウンター席を示し) もっちんも上がったから、たいしたもの作れないけど」
とわ子「(座って) まあまあ飲んできた」
八作「じゃ、なんか甘いやつ?」
とわ子「そうだね」
八作、棚を見て、リキュール類を選びはじめる。
とわ子「今さ、この人、素敵だなあって人とお別れしてきた」

八作「（手が止まって）……」
とわ子「一緒にいて安心出来る人だった」
八作「（わざと気軽に）それはもったいないことしたね」
とわ子「そうなんだよね。でも、しょうがない。欲しいものは自分で手に入れたい。そういう困った性格なのかな」
八作「それはそうだよ。手に入ったものに自分を合わせるより、手に入らないものを眺めてる方が楽しいいんじゃない？」
とわ子「そうなんだよね。そっちの方がいいんだよね」
八作「うん」
とわ子「ひとりで生きていけるけどさ。まあ、淋しいじゃん」
八作「うん」
とわ子「淋しいのは嫌だけど、でもそれで誰かと二人でいたって、自分を好きになれなかったら、結局ひとりだしさ」
八作「そうだね」
とわ子「好きになれる自分と一緒にいたいし、ひとりでも幸せになれると思うんだよね……無理かな？」
八作「全然余裕でなれるでしょ。なれるなれる」
とわ子「雑だなあ」
八作、ドリンクを出す。
とわ子、飲もうとすると、出入り口の方で物音。
二人、見る。
しかし別に誰も入って来ない。

八作「……君じゃなかったんだ」
とわ子「うん？」
八作「最近よく物音がしてて、君が様子見に来たのかなって」
とわ子「……（あー、それでか、と思う）」
とわ子、飲んで。
とわ子「わたしもね、あなたを好きになって、あなたと結婚して良かったよ」
八作「……」
とわ子「それだし、今でも好きだよ」
八作「……両思いだ」
とわ子「両思いだね。だからあなたを選んだ。あなたを選んで、ひとりで生きることにした」
八作「……無理なのかな」
とわ子「（頷き）今だって、ここにいる気がするんだもん。三人いたら、恋愛にはならないよ」
八作「そうか……」
とわ子「いいじゃない、こうやって一緒に思い出してあげようよ。三人で生きていこうよ」
八作「（頷き）そうだね」
とわ子「かごめのどんなところが好きだった？」
八作「（照れて）……雨が急に降り出して、立体駐車場で雨宿りしてたんだよね」
とわ子「うん」
八作「そしたら雨の中、大福食べながら来る人がいて……」
とわ子「（既に微笑いながら）うん……」

×　×　×

　ボックス席に移動し、向かい合って飲んでいるとわ子と八作、笑っていて。
八作「駅弁祭りでしょ」
とわ子「それぞれ、三人で行ったじゃん……」
　その時、スマホのバイブ音が鳴る。
　二人、自分のスマホを見る。
　とわ子は『佐藤鹿太郎』からで、八作のは『しんしん』からだ。
とわ子・八作「（それぞれ出て）もしもし……」

×　×　×

　テーブルに立てて並べた二台のスマホの中、お互いを見ながら言い合っている慎森と鹿太郎。
　その様子を見て、笑っているとわ子と八作。
鹿太郎「君、何で僕の電話に出ないの」
慎森「佐藤さん、何でスマホの中にいるんですか」
鹿太郎「スマホの中にはいないよ、広島にいるんだよ」
慎森「服にひっつき虫付いてますよ」
鹿太郎「付いてないよ、山通って来てないから」
慎森「僕と話すと、一時間二万円かかりますけど」
鹿太郎「何でひっつき虫とかいう人に二万円払わないといけないの。もういいよ、解決したから」
慎森「何でスマホの中にいるんですか？」
鹿太郎「広島」
　笑っているとわ子と八作。

× × ×

ボックス席で向かい合って飲んでいるとわ子と八作。
欠伸をするとわ子。

八作「（そんなとわ子を見て、微笑う）」
とわ子「見たな」
八作「（微笑って）そんなの何百回見たことあるよ」
とわ子「昔でしょ」
八作「十七年とか十八年前とかだよ」
とわ子「すごい昔だよ。わたしは色んなことあったよ」
八作「一緒にいたって色んなことはあったと思うよ」
とわ子「あるか。そうだね、あの時続いてたらね」
思い浮かべるとわ子。
八作「あー。どんな夫婦になってたんだろうね」
思い浮かべる八作。
とわ子「夫婦？　夫婦かー。夫婦ねー」
八作「（想像して、ふふっと微笑って）」

26　二人の想像、ハイツ代々木八幡・とわ子と八作の部屋

テーブルで向かい合っている結婚十八年目のとわ子と八作。
現実の二人の声がかぶさって。
とわ子の声「くだらないことで喧嘩してたと思うよ」

八作の声「それはだって君、わがままだし」
　二人は御中元のカタログを見ながら選んでいる。
八作「メロン美味しそうだよ」
とわ子「こういうのは肉選んどけばいいんだよ」
八作「そう言って毎回肉じゃん」
とわ子「肉選んどけば間違いないんだって」
八作「何そのルール」

×　×　×

　台所で料理をしている八作。
　進路指導のプリントを見ているとわ子と唄。
とわ子「六日かあ」
八作「午後だったら、行けるよ」
唄「綾子《あやこ》先生はパパが来る方が喜ぶよ」
とわ子「ずるいよねー、外面《そとづら》だけはいいから」
　とわ子、冷蔵庫からビールを出していて。
とわ子「え、何メロン買ってんの」
八作「唄が食べたいって言うから」
唄「わたしのせいにしないで」
　二人から睨まれる八作。
八作の声「夫婦っていうか、お父さんお母さんでもあるしね」
とわ子の声「それはね、ある程度、なるよね」

×××

外れた網戸を直している八作。

唄の部屋で喧嘩しているとわ子と唄。

とわ子「片付けなさいって言ってるでしょ」

唄「やったし」

とわ子「どこが？」

怒鳴り声を聞きながら網戸を直す八作。

×××

帰って来た八作、食事しているとわ子に話している。

とわ子の声「顔見れば喧嘩になる時期もあるだろうし」

八作の声「言い方が悪いんだよとか言ってね」

八作「怒るからやんないんじゃないの？」

とわ子「え、わたしのせい？」

八作「そうは言ってないよ」

とわ子「言ったじゃん」

八作「何イライラしてんの」

とわ子「もうちょっと言い方ってあるでしょ？」

×××

まだ喧嘩中で、離れて座っているとわ子、八作。

とわ子の声「ま、喧嘩も重ねればさ」
八作の声「仲直りも上手くなるか」
八作、無言で立って、焼き菓子を二つ手にし、とわ子の前にも置き、また元の場所に戻る。
とわ子「賞味期限切れてる?」
八作「五日以内は平気だよ」
とわ子「前は三日以内って言ってたけど」
少し和やかになって食べる二人。

×　×　×

テレビで映画を観ている八作。
とわ子は向こうで本を読んでいる。
八作の声「だんだんお互いに趣味も変わってくるだろうし」
とわ子の声「それはそれでさ、それぞれね」
個々で笑っている二人。

×　×　×

荷物をスーツケースに詰めているとわ子と八作。
とわ子の声「大きい病気する時だってあると思うよ」
八作「歯ブラシ入れた?」
とわ子「歯ブラシは病院で買うよ。あとは……」
八作、とわ子の手を握り、肩を抱く。
八作「大丈夫だから。すぐに帰って来れるから」

とわ子、八作によりかかって。

とわ子「うん」

八作の声「そういうことを乗り越えていくのかな」

×　×　×

玄関を開ける唄。

八作と共に帰って来たとわ子。

部屋に入って行く三人。

嬉しそうなとわ子の背中に手を添える八作。

とわ子の声「いて当たり前っていうかさ」

八作の声「空気みたいになるとか言うよね」

×　×　×

お茶を飲んでいるとわ子と八作。

とわ子「二週間いないだけで大人になった気がする」

八作「子供は早いよね」

とわ子「気が付いたらおじいちゃんおばあちゃんだよ」

八作「それはまだまだ先でしょ」

三人の家族写真を見る二人。

とわ子の声「あれだよ？　どっちかが先に死ぬんだよ」

八作の声「それは男の方が先でしょ」

×　×　×

寝室、パジャマを着てベッドに入るとわ子。
八作も入って来て。
八作「消していい？」
とわ子「うん」
枕元のランプを残して部屋の灯りを消し、ベッドに入る八作。
天井を見ながら話す二人。
きっと今と同じ話をしている。
八作の声「でも不思議だよね、生まれた時は他人だったのに」
とわ子の声「いつの間にか一緒に暮らして」
八作の声「死ぬ時はそばにいたりするんだから」
とわ子の声「まじか、そこまでか？　って思うけどね」
八作の声「すごいことではあるよね」
とわ子の声「違う人と一生なんてね」
八作の声「逆にさ、夫婦なんて、強いとこじゃなくて、弱いとこで繫がってるものなんじゃないの？」
とわ子の声「そうかもね」
体をくっつけ、腕を回し、顔を寄せる二人。
クスクスと笑いながら顔を寄せ合う。
八作の声「そういうのがさ」
とわ子の声「あったのかもしれないよね」

27　現在に戻って、レストラン『オペレッタ』・店内〜外

テーブルを挟んで向かい合っているとわ子と八作。
照れたように苦笑する二人。
グラスが空いて。

八作「（微笑って）ごちそうします」
とわ子「（微笑って）ごちそうさま」
とわ子、出て行き、八作、見送りながら。
とわ子「あ、わたし、プロポーズされてないからね」
八作「え、したよ」
とわ子「してないよ」
八作「したって」
とわ子「いつ、どれ」
店の外に出て。
八作「葡萄狩り行ってさ」
とわ子「葡萄狩り？　行ったっけ？」
八作「帰りに、バス待ってたらさ」
とわ子「あー、行ったね」
八作「君が言ったんだよね。楽しかったデートって帰ってからが淋しいよねって」
とわ子「言うかなあ」
八作「それで、僕が」
とわ子「うん」

八作「大豆田っていい名前だよね。大豆田八作もいいな、って」
とわ子「……え、それがプロポーズ？」
八作「そうだね」
とわ子「脈略ないね」
八作「いつの間にか忘れてたしね」
とわ子「（苦笑し）おやすみ」
八作「おやすみ」
　手を振って帰るとわ子、手を振って見送る八作。

28　しろくまハウジング・オフィス（日替わり）

　出社してきたとわ子、社員たちに。
とわ子「おはようございます」
　社員たち、おはようございますと返す。
　カレンがとわ子を見て、気付く。
カレン「あれ、社長、それって……（と、左手を示す）」
とわ子「え？」
　とわ子、左手を見ると、カナブンがくっついている。
とわ子「うわ、うわ、うわ、うわ」
　悲鳴をあげる社員たち。
　とわ子も叫びながら、振り返ってカメラを見て。
とわ子「大豆田とわ子と三人の元夫。いよいよ来週、最終回」

第9話終わり

第10話

1　ハイツ代々木八幡・大豆田家の部屋（朝）

時計は朝五時前を示しており、スマホが鳴っている。
眠っているとわ子、必死に手を伸ばし、見ると、『中村慎森』からだ。

とわ子「（出て、声を絞り出し）はい……」
慎森の声「アロハー」
とわ子「……アロハー」
慎森の声「あれー、せっかく挨拶してるのに通じてないのかな？　アロハー、アロハー」
とわ子「アロハー……」
慎森の声「あのさ、僕今ね、顧問してる会社の契約作業でハワイにいるんだけどね。何でみんな海外に来ると、たいして気温変わらないのに、Tシャツと短パンになるんだろうね。その着替え、いる？　っていう。僕が普段通りの格好してたら、ここハワイですよ？　って笑うんだよ。は？」

とわ子、スマホの上に大量のクッションを重ねて隠し、また布団を被って寝る。
クッションの山からまだ慎森の声が漏れていて。

慎森の声「ここがハワイだろうと僕は僕ですしね、むしろ今や東京の方が暑いんだから……」

×　×　×

とわ子、朝食を食べながら、パソコンでニュース記事を見ていて、え？　え？　と思う。
詐欺師が逮捕されたというニュースで、船長さんの格好をした御手洗健正《みたらいけんせい》（第1話登場）の写真が掲載されている。

とわ子「え（と、食べる途中で止まる）」

2　しろくまハウジング・オフィス

完成予想デザインの大きなパネルを提げ、会議から戻って来たとわ子、自分のデスクに行こうとすると、カレンと頼知と羽根子たちがパソコンの画面を見ながら話している。

頼知「ひどい奴がいるね」
カレン「逮捕されて良かったですよ」
とわ子、見ると、パソコンには船長さん逮捕の記事。
とわ子「（あ！）」
羽根子「でもこの犯人、ちょっとあざとくないですか？」
頼知「確かに。こんな船長ルックに騙される人いる？」
とわ子「……」
カレン「普通騙されませんよね」
羽根子「出会った瞬間、詐欺師だってわかりますよ」
とわ子「……」
頼知「だよね。でも結構被害者の方いるんでしょ」
羽根子「この犯人ね、被害者の写真を撮って、こっそりネットにアップしてたんですよ。ほら」
羽根子、パソコンの画面に表示させる。
顔にボカシのかかった被害者女性たちの写真がたくさん並んでいる。
スクロールしていくと、全員一様に船長の帽子を被り、出航！　のポーズをしている。
とわ子「……」
カレン「あー、みなさん、調子乗っちゃったね」
羽根子「（スクロールして）この人なんて、何の疑いもなさそう」

顔にボカシのかかったとわ子の出航ポーズ写真。

とわ子「……！」

とわ子がたった今着ているものとまったく同じ服装だ。

とわ子、持っていたパネルを首のところまで持ち上げて服を隠す。

カレン「あー、無邪気だね」

とわ子、振り返ると、六坊もパソコンで出航ポーズのとわ子の写真を見ており、とわ子の今の服装と見比べて、あれ？　あれ？　という顔をしている。

気付いてしまった六坊。

頼知「かわいそうに、こういう人が騙されるのか……」

六坊「おい君たち、そんなもの見るんじゃありませんよ。人として最低な行いですよ」

頼知「ごめんなさい」

六坊「被害者の気持ちも考えなさい」

カレン・羽根子「ごめんなさい」

ものすごく怒られるカレンたち。

とわ子、パネルで服を隠しながら後ずさりし、四方を警戒しながらその場を逃げ出して行く。

3　レストラン『オペレッタ』・店内（夜）

鹿太郎、入って来ると、カウンターにとわ子がいて、嬉しそうに隣に座って。

鹿太郎「ごめんごめん、お待たせ」

とわ子「（驚き）待ってないよ」

鹿太郎、とわ子のドリンク、メニューを確認して。

鹿太郎「（とわ子のドリンクを）それご馳走するから」

とわ子「……」
鹿太郎「あ、今、値段を確認したんじゃないよ、誤解しないで。僕が奢ったってことを君が記憶してくれるなら、幾らでも奢れる僕だから」
とわ子「大丈夫、奢らない僕でいて？」
　鹿太郎、ワインを注ぐ八作に。
鹿太郎「君たち、僕が広島行ってる間に、彼女のこと諦めたようだね。結構結構、結構なことです。僕はまだ諦めてないからね。内なる炎を燃やし続けて来たんだ、最後の元大として」
八作「そうですか」
鹿太郎「（向き直って、とわ子に）君は今、僕のことどう思ってるんだろう」
とわ子「眼鏡ついてるよ」
鹿太郎「眼鏡かけてるんだよ」
とわ子「（鹿太郎の隣を示し）その人、おばあちゃん？」
鹿太郎「おばあちゃんいないよ。ひとりで来たよ。怖いこと言わないでよ」
とわ子「（ククと微笑って）」
鹿太郎「え、君にとって僕はただの面白い人？　いや、それも嬉しいけども、僕はね……」
　テーブル席にいた客、甘勝岳人《あまかつたけと》（41歳）がトイレに行きかけて、とわ子に気付いて。
甘勝「豆子ちゃん。豆子ちゃんだよね」
とわ子「（ん？　と振り返り）あ、あー、甘勝くん？」
甘勝「そう、甘勝甘勝」
とわ子「えー、久しぶり」
　立ち上がり、ハグするとわ子と甘勝。
甘勝「久しぶり久しぶり」

とわ子「久しぶり久しぶり」

八作「(その様子を見ていて、ある予感があって振り返り、鹿太郎のことを見ると)」

鹿太郎「(殺意の形相で甘勝を睨み付けている)」

ボックス席に移動し、話しはじめるとわ子と甘勝。

とわ子「卒業式以来だよね」

甘勝「豆子ちゃん、変わらないね」

とわ子「でしょ、今も中学生みたいでしょ」

甘勝「それはないよー」

とわ子「それはないかー」

鹿太郎、スマホをかけていて。

鹿太郎「もしもし中村さん、電話出て。今、大変なことが起きてるの。ひとりじゃ抱え切れないの。ねえ、電話出て」

甘勝「だって僕は君の初恋の相手だし」

とわ子「まあね、そうだったね」

甘勝「僕がフっちゃったけどね」

とわ子「もったいないことしたね」

鹿太郎「電話出て。僕、事件を起こしてしまうかもしれない……」

鹿太郎、手元にあるナイフに手が伸びている。

八作、先に取り上げて。

八作「中村さんがいなくて良かったです」

鹿太郎「そうだね、彼がいたら……」

×××

鹿太郎と八作のイメージ。

呆然と見つめている鹿太郎と八作の顔にかぶさっている、とわ子と大勢の客たちの悲鳴。

血の付いたナイフを舐め、笑っている慎森の顔。

×××

鹿太郎「（顔をしかめて）その様が容易に浮かぶね」
話しているとわ子と甘勝。
とわ子「操縦士？　ヘリコプターの？」
甘勝「うん、ナイトクルージングっていう東京上空の夜景を」
とわ子「あー、カップルがいちゃいちゃしながら、見てご覧、人がごみのようだって言うやつ？」
甘勝、バッグからパイロットの制帽を出す。
とわ子「（うわ！　と）」
甘勝、とわ子に被せてあげて、スマホを構え。
甘勝「（拳をあげて）出発！」
とわ子「（つい拳をあげて）出発！」
笑っていると、店に唄が入って来るのが見えた。
とわ子「（う、となって、そっと拳を下げる）」

4　ハイツ代々木八幡・大豆田家の部屋

唄の部屋で、鹿太郎が唄と宿題をしている。

唄「慎森にやってもらおうと思ってたのにな」
鹿太郎「（検索しながら）大丈夫、こんなの簡単だから……とわ子ちゃん、ワイファイ繋がらないんだけど」
リビングにいるとわ子と八作。
とわ子「ワイファイ？」
とわ子と八作、パソコンを見て。
八作「繋がってないね。プロバイダーのマニュアルある？」
とわ子「マニュアル……そういうの無意識に捨てちゃうんだけど」

×　×　×

鹿太郎と八作も参加して宿題をしている。
鹿太郎「とわ子ちゃん、ワイファイまだーー？」
とわ子、段ボールを二つほど持って来ていて、中身をどんどん出し、確認している。
とわ子「あ、また書き初め出て来た」
とわ子、立って広げてみると、「一匹オオカミ　三年三組大豆田とわ子」。
唄が通りがかって見て。
唄「予見されてるじゃん」
とわ子「迷ってきたようで一本道だったんだね。これじゃないな」

×　×　×

とわ子、また新しい段ボールを持って来て、開ける。
大豆田つき子の名義の通帳、印鑑、雑多な書類など引き出しの中身をそのまま入れたような荷物。

N「母の荷物だ」

とわ子、なんとなく中を見はじめる。

三十五歳の母の横顔のポートレート写真があった。

とわ子、優しく見つめ、しまおうとして、美しい絵柄のクッキーの缶があることに気付き、手に取る。

N「こんなクッキー、食べたことあったっけな」

開けてみる。

美術館やコンサートのチケット、さらに『羊たちの沈黙』『アダムス・ファミリー』などの映画の半券が入っていた。

N「古い映画。いつ観に行ってたんだろ」

底の方から封筒が出て来た。

切手が貼られておらず、武蔵野《むさしの》方面の住所、『國村真《くにむらまこと》 様』宛、裏の差出人には『つき子』とだけあり、中の便箋を取り出してみる。

N「嫌な予感はあった。開けなければ良かったのだ」

開いてみると、書き出しに、『マーへ』とある。

拾い読みすると、『マーは今、何してますか』『あなたのことばかり考えていて』『マーの指はとても綺麗だから』などの文章が幾つか目に止まる。

とわ子、思わず便箋を閉じて伏せる。

N「恋文だ。母の書いた恋文だ」

動揺するとわ子。

おそるおそるもう一度開くと、目に入る、『夫と娘の面倒を見るだけの人生なんて』の一文。

とわ子、……。
母の横顔のポートレート写真。
N「見えなかった母の横顔が突然振り返った、そんな気がした今週、こんなことが起こった」

5　**今週のダイジェスト**

鹿太郎と一緒に謝罪の練習をしているとわ子。
N「謝罪のプロから謝り方をレクチャーされる大豆田とわ子」

×　×　×

ある家へと訪ねてきたとわ子と唄。
N「母の恋人に、娘と会いに行く大豆田とわ子」

×　×　×

自動ドアに挟まれているとわ子。
N「自動ドアにぎゅーってされてきゅんとする大豆田とわ子」

×　×　×

三人並んでいる慎森、鹿太郎、八作に向けてボウリングの球を投げる動作をするとわ子。
N「元夫ボウリングをする大豆田とわ子」

6　**ハイツ代々木八幡・大豆田家の部屋**

N「そんな今週の出来事を今から詳しくお伝えします」

とわ子、呆然と手紙を読んでいると。
鹿太郎の声「ワイファイまだー？」
我に返ったとわ子、急いで封筒と便箋を缶に入れ、段ボールにしまって、抱える。
クローゼットに持って行こうとして、テーブルの脚などに足の指をぶつけた。
痛んでうずくまるとわ子。
鹿太郎の声「ワイファイまだー？」
とわ子、痛みをこらえた笑顔で、カメラを見て。
とわ子「大豆田とわ子と三人の元夫」

○ タイトル

7 ハイツ代々木八幡・大豆田家の部屋

冷やし中華を作った鹿太郎、唄に出してあげる。
鹿太郎「召し上がれ」
唄「いただきます」
とわ子、唄の宿題を見て。
とわ子「え、何で唄が西園寺くんの宿題やるの」
唄「西園寺くんは受験勉強があるから」
とわ子「え、おかしくない？（鹿太郎に）おかしいよね？」
唄「（鹿太郎に）おかしくないよね？」
鹿太郎「え（と、とわ子と唄を交互に見て焦って）えっと……」
八作が洗面所から戻って来た。

とわ子「(八作に) 唄がやってるの西園寺くんの宿題なんだけど、おかしいよね?」
唄「(八作に) おかしくないよね?」
鹿太郎「(八作を見て、何て答えるんだ? と)」
八作「(とわ子と唄に) なるほど」
鹿太郎「(え、それでいいの? と)」
とわ子「何で唄が受験やめる必要があるの?」
唄「何回も言ったじゃん。西園寺くんの方が医大に入りやすいでしょ、出世だってしやすいでしょ」
とわ子「……それは間違ったことだよ」
唄「知ってるけど、それがわたしたちの現実じゃん。西園寺くんを支える人になった方が生きやすいでしょ」

鹿太郎と八作、自分たちの冷やし中華が出来て、二人で分け合って食べる。

鹿太郎「何で混ぜないの? 君、チャーシュー根こそぎいったね」
とわ子「(鹿太郎に) ねえ、今のどう思う?」
鹿太郎「(冷やし中華を食べていたので) ……なるほど」

八作、唄のそばに行って。

八作「唄はさ、憧れのお医者さんがいたから、医者になろうと思ったんでしょ」
とわ子「内藤和美《ないとうかずみ》先生」
八作「唄が医者になれば、内藤先生、喜んでくれると思うよ。現実がどうこうよりそっちの方が大事じゃない?」
唄「……」
鹿太郎「そうだよ、それ、僕も今言おうと思ってたやつだ」
唄「内藤先生、病院ん中でいじめられて辞めちゃったよ」

八作「……」

唄「まあ、大人たちがそういうこと言うのもわかるよ。でも、こっちはそういう現実をこれから生きるわけだから」

とわ子「仮に、仮にだとしても、唄が西園寺くんの宿題やってあげたり、お使いに行ったりするのは違うでしょ」

唄「だからそれは……」

唄のスマホが鳴った。

唄「(出て) はい」

自室に行く唄。

とわ子、追いかけて、立ち聞きする。

唄「ごめんごめん、今実家。ごめんね。何買ってけばいい？　何味？　コーラとね。わかったわかった。遅くなってごめんね……」

横からスマホを奪うとわ子。

唄「え……」

とわ子、リビングに戻って、息を吸って吐いて。

とわ子「大豆田とわ子と申します」

唄「返して」

とわ子「お菓子やジュースぐらいご自分で買いに行ったらどうでございましょうか」

唄「ねえ、やめて」

とわ子「忙しい？　忙しいのは誰しも忙しいと思いますし。あのね、勉強ばっかりしたっていいお医者さんにはなれませんと思いますし。唄には唄の……はい？　今なんて」

唄「返して」

とわ子「いい奥さんになる練習。はー、なるほどなるほど……」
唄「(とわ子の怒りに気付き)やめて」
とわ子「落ちてしまえ。大学全部、落ちてしまえ」
唄、スマホを取り上げて。
唄「もしもしごめん、ママが勝手に……え？」
先方が何か言って、切れたらしく、呆然とする唄。
とわ子「(やってしまった)」
唄「別れるって」
とわ子「や、だって、西園寺くん、変なこと言うから……」
唄「相手、十六歳だよ。わたしが徐々に教育していけば済むことだよ。最悪だよ、ママ、最悪」
自室に入る唄。
とわ子「西園寺くんにちゃんと謝るから……」
目の前でドアが閉められる。
鹿太郎・八作「(あーあ)」

×　×　×

会議しているとわ子と、鹿太郎、八作。
とわ子「ごめんね」
鹿太郎・八作「(顔をしかめ、首を傾げる)」
とわ子「え、ダメ？　高校生だよ、相手」
八作「相手が高校生でも謝る時はちゃんと謝らないと」
とわ子「え、たとえば？」

八作「すいませんでした」
とわ子・鹿太郎「（顔をしかめ、首を傾げる）」
とわ子「ふてくされてるようにしか見えないな」
鹿太郎「おいおいおい、君たちは謝ることも出来ないな」
とわ子「怖いなあ。どうやって謝ればいいの？　もしかして人生で謝ったことないの？」
　鹿太郎、偉そうな態度から、気をつけの姿勢になり。
鹿太郎「誠に、申し訳ありませんでした！」
　膝に額がつくほど頭を下げる。
とわ子・八作「（圧倒されて）……」
　鹿太郎、一旦顔を上げて。
鹿太郎「二度とこのようなことは、致しません！」
　膝に額がつくほど頭を下げる。
鹿太郎「（顔を上げ、二人を見下ろし）こう」
　拍手するとわ子と八作。
とわ子「すごいね。もう何も言えないぐらい謝られた」
八作「謝るってすごいことなんだね」
鹿太郎「わかった？　はい、やって」
とわ子「え、今のをやるの？　出来るかな」
鹿太郎「もちろん一朝一夕に出来ることではないよ。でも自分の力を信じて、やってみようよ。はい」
　とわ子、立って、気をつけの姿勢をする。
鹿太郎「手の位置」

とわ子「はい。誠に、申し訳ありませんでした！」

鹿太郎「ダメー。この角度、見て、この角度」

見本を見せる鹿太郎。

とわ子も一緒にやる。

鹿太郎「はい、いくよ」

とわ子・鹿太郎「申し訳ありませんでした！」

鹿太郎「もう一回」

とわ子・鹿太郎「申し訳ありませんでした！」

鹿太郎「いいよー」

とわ子・鹿太郎「申し訳ありませんでした！」

八作「（ぽかんと見ていて）」

8　西園寺家・玄関前（日替わり）

菓子折を持ったとわ子、西園寺と表札のある、なかなか立派な家の前に立っている。

インターフォンに西園寺が出ていて。

とわ子「西園寺くん？　このたびは誠に……」

西園寺の声「それ、何ですか？」

とわ子「ん？（手土産のことだと気付き）カステラです」

西園寺の声「マルディデルニィのカヌレが食べたいです」

とわ子「え？（と、顔をしかめる）」

西園寺の声「映ってますよ」

とわ子「（笑顔になる）」

×　×　×

息を切らしたとわ子、買って来た二つ目のお菓子をインターフォンに向けながら。

とわ子「これだよね。このたびは誠に……」

西園寺の声「それ、何味ですか？」

とわ子「何味……あのね、すごい行列並んで」

×　×　×

とわ子、買って来た三つ目のお菓子をインターフォンに向けながら。

とわ子「売り切れだったから別のを……」

西園寺の声「じゃ、いいです」

切れた。

とわ子、え、となって、もう一度押す。

とわ子「あのね、すごい行列並んで……」

切れた。

とわ子、もう一度押す。

とわ子「あのね、謝りたくて……」

切れた。

とわ子、もう一度押す。

西園寺の声「はい」

とわ子「落ちてしまえ」

9　ハイツ代々木八幡・大豆田家の部屋（夜）

とわ子、目の前で唄にドアを閉められた。
とわ子、やってしまった、と。
リビングでカステラを食べている旺介、幾子。

幾子「唄ちゃん、随分お怒りね」
とわ子、戻って、カステラを食べる。

旺介「親譲りかなあ。いつでも機嫌が悪いのは」
目を合わさず話すとわ子と旺介。

旺介「父親ってつらいもんですよ」

とわ子「父親してもらった記憶ないんですよね」

旺介「(笑って)」

とわ子「(笑って)」

幾子「怖いから笑いながら喧嘩するのはやめて」
カステラを持って唄の部屋に行く幾子。
とわ子、母の手紙のことで思うところありながら。

とわ子「こういう人がお母さんと結婚したのが間違いだよね」

旺介「結婚してなかったらあなた産まれてませんよ」
とわ子、旺介を見て。

とわ子「お母さんを幸せに出来なかったことどう思ってるの?」
旺介、目を逸らして。

旺介「カステラってのはここが一番美味しいのにね」

紙についた部分をフォークで削《そ》ぎ、食べる旺介。

とわ子「……（余計なことを言ってしまったと息をつく）」

× × ×

とわ子、帰る唄、旺介、幾子を見送る。

とわ子「気を付けて帰ってよ」

鍵を閉めようとすると、ドアが開けられる。

戻って来た唄。

唄「やっぱりもう一日泊まる」

と言って、部屋に入って行く。

とわ子、どうしたんだろうと追う。

唄はクローゼットにいた。

先日適当に投げ出すように置いて、蓋が半開きの母の荷物の段ボールの前にいる。

唄「ママ、おばあちゃんの手紙読んだ？」

とわ子「え……（と、動揺）」

唄「おばあちゃんが出さなかったラブレター」

とわ子「……知ってたの？」

唄「かわいそうなおばあちゃん。かわいそうなおじいちゃん。かわいそうなママ」

とわ子「……」

× × ×

母の手紙を手にし、話しているとわ子と唄。

唄「おばあちゃん、その國村真、マーって人が好きだったんだよね」
とわ子「そうみたいだね」
唄「結婚してたのに」
とわ子「でも書いてあるのは手を繋いだとか、それぐらいのことだから……」
唄「すべてを捨てることになっても二人でいたい、って書いてあるよ」
とわ子「でもこの手紙は出さなかったから……（苦笑し）出せば良かったのにね、すべてを捨てれば良かったのにね」
唄「（え、と）」
とわ子「わたしのために我慢してたんだよね。家庭に残って、結局それも壊れて。生きたいように生きられなかった」
唄「そんなのわかんない……」
とわ子「お母さん、幸せそうじゃなかったんだよ」
唄「……」
とわ子「（唄を見て、微笑って）ごめんごめん。こんなこと考えたってしょうがないよね」
とわ子、手紙を缶の中に戻そうとすると。
唄「マーって人に会いに行ってみようよ」
とわ子「え？」
唄「おばあちゃんが出せなかったラブレター届けようよ。おばあちゃんがママのことどう思ってたのか、おばあちゃんが不幸だったのか聞いてみようよ」
とわ子「（揺れるものがあるが）そんなこと知ったって……」
唄「わたしも会いたい」
とわ子「何で唄が……」

唄「おばあちゃんが生きた人生は、わたしの未来かもしれないんだよ」
とわ子「……」
とわ子、封筒を見る。
武蔵野方面の住所、そして『國村真』の名前。

10　バス停前（日替わり）

到着しているとわ子と唄。
唄、スマホを見ていて、こっちと指さす。
歩き出す二人。

11　とある家の玄関の前

見回しながら歩いて来たとわ子と唄。
初老の男（高田《たかだ》）が庭にいるのが見えた。
身を潜ませて、あの人かな？　と、どきどきしながら高田を目で追うとわ子と唄。
唄「紳士的な感じじゃない？」
とわ子「お母さん、ああいう人を……」
すると、高田、お尻をかきながらおならをした。
とわ子・唄「……（と、顔をしかめる）」
続けておならをする高田。
唄「ママ、違う違う、あの人、マーさんじゃない」
唄、『高田』と書かれた表札を示す。
とわ子「ほんとだ……」

高田が二人に気付いて。

高田「はい、何でしょう」

唄「このあたりに國村さんというお宅はありますか」

高田「國村さん？　あー、今はね、この近くのアパートに……」

12　小さなアパート・廊下

歩いて来るとわ子と唄。

部屋の前に立つと、切れ端にマジックペンで適当に書いてテープで貼った『クニムラ』の表札。

唄、ノックする。

とわ子、慌てて唄の服の襟を揃え、髪も整え、自分の服、髪も同じように整えていると、ドアが開いた。

立っている女性、國村真（65歳）。

彩り豊かな服を着て、口にコロッケをくわえている。

真「（うん？　と）」

とわ子「國村さんのお宅でしょうか」

とわ子、予想外で、慌てて。

真「うん」

とわ子「あの、えっと、こちらに國村真さんはいらっしゃいますでしょうか」

真「（警戒するようにとわ子を睨む）」

とわ子「ごめんなさい、大豆田と申します」

真「（表情が止まり）……どうぞ」

とわ子「あ、いえ、あの、すいません、マーさんは……」

真「わたしだけど」
とわ子「(え、と)」
真「マーはわたしだけど」
とわ子「……」
唄「(とわ子が黙っているので)だって」
とわ子「(あ、と思って)はじめまして。大豆田つき子の娘です」
真「(笑顔を見せて)」

13　同・國村の部屋

正座しているとわ子と唄。
とわ子、見ると、部屋の隅に小さなトゥシューズが二つ並べて置いてある。
台所に立っている真、リンゴを剝《む》きながら話す。
真「そうかー、越されたか」
とわ子「母から連絡はなかったんですか?」
真「(苦笑し)そんなの三十年も前が最後だよ」
とわ子「そうですか」
真「急にね、ぷっつりとね」
とわ子、母の手紙を出して、置いて。
とわ子「母が多分当時書いた手紙です。あなたに出そうとして、やめたみたいです」
真「(台所から見て、苦笑し)そういう、一度決めたらみたいなところあったね」
真、飾り切りされたリンゴを皿に盛って、爪楊枝を刺し、とわ子と唄の前に無造作に置く。
とわ子・唄「(飾り切りが綺麗だなと見て)いただきます」

真は小さなスツールに腰掛けて、手紙を手にし。

真「(微笑って)あの子の字だ。つき子とはじめて会ったのはね、小学生の頃、近所のバレエ教室で」

とわ子「バレエは三年ぐらいで辞めたって」

真「そうだね、続けてれば、そこそこいったと思うけどね。何かにすがりつかなくても、大体何でもこなせる子だったから」

とわ子「(そうかも)」

真「お互いの持ってないところを嫉妬し合って喧嘩もしたし、その分距離も近くなって、何でも話し合えた」

唄「恋人だったの?」

真「(唄を見て、微笑んで)そうか。素直にそう言えるって素敵だね」

唄「(言って良かったのかなと首を傾げる)」

真「ありがとう。今の子はそうなんだね。わたしたちの頃にはイメージがなかったし、そこだけでわたしたちを語られるのが嫌だったけど、(頷き)そうだね」

とわ子「(そうだったのか、と)」

唄「(今の子は言える、ということを思っている)」

真「いいよ、何でも聞いて」

とわ子「母は、(言い直し)つき子はあなたのことが好きだったんですよね」

真「もちろん。わたしももちろん」

とわ子「どうしてあなたの元に行かず、どうして結婚して、どうしてわたしを産んだんですか?」

真、リンゴを取って食べようとしながら。

真「そりゃあの頃わたしを選ぶのは……」

言いかけて食べるのをやめて。

真「そうか、ごめん、先に言っておくべきだったね。あなた、不安だったんだね」
とわ子「……」
真「大丈夫だよ、つき子はあなたのことを愛してたよ」
とわ子「……」
真「夫のことだってもちろん。愚痴は言ってたけど、ちゃんと大事に思ってた。あなたのお母さんはちゃんと娘を、家族を愛してる人だったよ」
　とわ子、安堵があって、目元を雑に拭って。
とわ子「じゃあ、どうして（と、手紙に視線を落とす）」
　真、食べかけたリンゴを取り、かじる。
真「どうしてだよね。家族を愛してたのも事実。自由になれたらって思ってたのも事実。矛盾してる。でも誰だって心に穴を持って生まれて来てさ、それを埋めるためにジタバタ生きてるんだもん。愛を守りたい。恋に溺れたい。ひとりの中に幾つもあって、どれも嘘じゃない、どれもつき子。結果はね、家族を選んだってだけだし、選んだ方が正解だったんだよね」
とわ子「正解だったのかな……」
真「正解だよ。そっちを選んだから、こんなに素敵な娘が生まれて、孫も生まれて、夫にも愛されて。生涯幸せな家族に恵まれたわけでしょ」
　とわ子、母のこと、真のことを思って。
とわ子「……はい」
唄「（とわ子を見る）」
真「良かったんだよ、わたしを選ばなくて」
とわ子「……」
　とわ子、置いてある二つのトゥシューズを見つめ。

とわ子「母は幸せだったんですね。ありがとうございます」
真「（微笑って）あなたにお礼言われるおぼえはないよ」
とわ子「（微笑って）はい。あの」
真「うん？」
とわ子「時々ここに遊びに来てもいいですか？」
真「母親の元恋人と仲良くする娘って、関係おかしくない？」
とわ子「わたし、普段もっとおかしな関係続いてるんで」

×　×　×

台所に立って、料理をしながらコップでワインを飲んでいるとわ子と真。
楽しそうに話し、笑っている。

唄「（二人のそんな姿を見つめていて）……」

14　木々に囲まれた道（夕方）

歩いて帰るとわ子と唄。

唄「あのさ。面倒くさいから一回しか言わないし、理由も言わないし、感想言われるのも嫌なんだけど、聞く？」
とわ子「え、何だろ……（覚悟し）何でしょう」
唄「わたしやっぱり医者になる。医者目指して勉強する」
とわ子「……」
唄「以上」
とわ子「そ。うん」

とわ子、唄の手を握る。

唄「やめてよ」

振りほどく唄。

とわ子、また繋ぎ、唄、また振りほどく。

そんなことを続けながら歩いて行く二人。

15　ハイツ代々木八幡・大豆田家の部屋（夜）

晩ご飯を食べているとわ子、唄、旺介。

旺介「ずっと寝てたら追い出されちゃってね。唄ちゃんの部屋空いてるよね」

とわ子「空いてないよ、洋服とか靴とか置くから」

旺介「洋服と父、どっちが大事かな」

とわ子「答えるまでもないね」

×　×　×

またベランダの網戸が外れている。

洗い物をしているとわ子と唄。

気持ちよさそうに風呂から出て来た旺介。

旺介「（ベランダの方を見て）あー風が気持ちいいね」

唄「おじいちゃんの後、お湯熱すぎるんだよなあ」

替わって、風呂場に行く唄。

とわ子「ビール飲む？」

旺介「それはそれは」

旺介、ソファーの足下に何か落ちているのに気付く。
とわ子、冷蔵庫から缶ビールとグラスを出し。
とわ子「松前漬けあるけど……（と、見ると）」
旺介は映画の半券をじっと見ている。
母の荷物から出て来た『羊たちの沈黙』の半券だ。
とわ子「……ごみだね、貸して（と、手を出す）」
旺介「観に行ったな、羊たちの沈黙。ひとりで」
とわ子「（え、と）」
旺介「五分で寝たな。羊出て来る前に寝ちゃったよ」
とわ子「よくあの映画で寝れたね。羊出ないしね」
旺介「ああいうものを観て、楽しむ人たちっているんだね」
とわ子「……知ってたの？」
旺介「松前漬けね」
とわ子「知ってたの？　お母さんの浮気……」
旺介「（缶ビールを）持ってたらあったまっちゃうから」
とわ子、缶ビールとグラスを渡し、旺介の前に座る。
旺介、缶ビールを開け、グラスに注ぐ。
旺介「映画なんて観ませんよ。でもあなたのお母さんとは神宮球場に行ったことがあるし、温泉だって行きましたよ。高いイヤリングをあげたことだってある」
とわ子「そう」
そのグラスはとわ子に渡し、自分は缶の方を持って、とわ子のグラスに当て、飲む。
旺介「（苦笑し）お母さんは野球も温泉も興味なかった。イヤリングだって、わたしはセンスありませんからね、恥ずかしかっただろう」
とわ子「……嬉しかったと思うよ」
旺介「お母さんには悪いことしちゃった」
とわ子「……」
旺介「あなたもね。あなた、自転車乗れないでしょ」
とわ子「(苦笑し)乗れないね」
旺介「わたしが教えなかったからですよ。よその子はね、あれ、みんな教えてもらうんだよ」
とわ子「悪かったよ。父親してもらってないとは思ってないよ」
旺介「ちょうど教える時期だったからね、わたしが家帰りたくなくなっちゃったのが」
とわ子「いいよ、自転車ぐらい。松前漬けいる?」
答えず、席を立つ旺介。
旺介「あなたはすごいな。ひとりでそんな立派になって」
どこに行くのかと思ったら、旺介はベランダに行く。
とわ子、何してんの？　と追うと、旺介は網戸を手にし、直しはじめた。
とわ子、その様子を眺める。
旺介「(網戸を見て、はめながら)お父さん、どこ行くのって言ったのはおぼえてるか」
とわ子「(網戸を見ていて)……」
旺介「お母さん、どこ行くのって言ったのはおぼえてるか」
とわ子「……」
旺介「お父さんとお母さんがおまえを、転んでもひとりで起きる子にしてしまった」
とわ子「……」
旺介「お母さんは悪くない。俺のせいだ」

とわ子「……」
　網戸、はまった。
　とわ子、あ、と。
　旺介、軽く開け閉めし、確認する。
とわ子「わたし、ちゃんと色んな人に起こしてもらってきたよ」
旺介「だって……」
とわ子「今はひとりだけどさ、田中さんも、佐藤さんも、中村さんも、みんなわたしが転んだ時に起こしてくれた人たちだよ。お父さんだってそうだよ。言いたくないけど、支えになってるよ」
旺介「だって自転車……」
とわ子「自転車自転車うるさいな、だったら今度教えてよ」
旺介「（苦笑し）今さら……」
とわ子「今さらだっていいよ、教えてよ」
旺介「……（頷く）」
　とわ子、台所に戻る。
　旺介、ソファーに戻って。
旺介「おまえ、あれ、佐藤さんは違うだろ、彼は起こしてくれなかったろ」
とわ子「佐藤さんも起こしてくれたよ」
旺介「（またビールを飲みながら）ああいう男はね、ダメですよ。何してんのかな、悪戯《いたずら》電話してやるか」
とわ子「（そんな旺介を微笑み見ていて）」

×××

寝室で、とわ子、寝ようとすると、スマホに着信。
見ると、甘勝からで、操縦士の帽子を被って、出発！　のポーズをしているとわ子の写真。
とわ子、苦笑し、ベッドに寝そべり、ラインを交わしはじめる。

N「長かった一日の終わりに、初恋の人とやりとりをして、ヘリコプターに乗せてもらう約束をした」
ペンをくるくると回し、嬉しそうなとわ子。

16　しろくまハウジング・会議室（日替わり）

カレンと悠介がいて、とわ子が入って来る。
机の上にマカダミアナッツが置いてある。

カレン「中村先生が持って来てくださったんです」
とわ子「あ、帰国されたんだ」
悠介「時差ボケらしくて、朝七時にふらふらふらーって来て」
とわ子「へえ、え、てゆうか、お土産？」
カレン「ハワイで滝はご覧になったんですかね？」
笑う三人。

17　レストラン『オペレッタ』・店内（夜）

カウンターに鹿太郎がいて、八作と話している。

鹿太郎「何がヘリコプターで夜景だよ……って思います？」

八作「はい?」

鹿太郎「いや、僕が思ってるんじゃないよ。田中さんが思ってるんじゃないかなと思って。初恋の人との再会なんてがっかりするだけでしょ……って思います?」

八作「はい?」

鹿太郎「いや、僕が思ってるんじゃないよ。僕はね、人が思うより器の大きい人間ですよ。充電させてって言われたら、一瞬電気代がよぎるけど、いいよと言います。誰かにプレゼントあげる時も、一瞬値段を口にしたくなるけど、黙ってます。だから好きな人がデートしてたら、雨降れとは思うけども、そんな器の小さいことは……」

潤平が傘を手に戻って来て。

潤平「雨降ってきちゃったよ」

鹿太郎「よっしゃあ(と、拳を突き出す)」

八作「じゃ、インドアデートですね」

鹿太郎「え?」

18　とあるレストラン・店内

商業ビル内の店で食事しているとわ子と甘勝。

甘勝「でも豆子ちゃんはもう豆子ちゃんって感じじゃないね。すごく素敵なレディになった」

とわ子「(嬉しく照れながら)本当に?」

甘勝「チャーミングだし、その上で人として尊敬出来る感じがあって」

とわ子「そおかなあ」

甘勝「男が十人いたら九人は好きになっちゃうんじゃない?」

とわ子「それは言い過ぎ……」

甘勝「ま、俺は残りのひとりだけどね」
とわ子「……」
甘勝「そこは二十五年経っても変わらないね。なんか友情感じちゃうもんね（と、微笑う）」
とわ子「そうだねー、友情しかないよねー（と、微笑う）」
N「東京上空で聞かなくて良かった」

19　商業ビル・出入り口

既に雨はやんでいる。
リュックを背負いながらひとり降りて来たとわ子。
薄暗いロビーで、自動ドアの出入り口がある。
とわ子、通ろうとしたが、前に立っても開かない。
あれ？　と思って一旦下がって、また立つ。
何やら引っかかるような音がした。
何だ？　ま、いいかと思って、通ろうとしたら、また急に閉まった。
とわ子、自動ドアに挟まれた。

とわ子「（呻く）」
閉まったまま動かなくなった自動ドア。
抜け出ようとするが、リュックごと挟まれており、動けない。
なんだかものすごく中途半端な姿勢だ。
床を踏むが、もう開かないし、周囲に人もいない。

N「詰んだ」

20　レストラン『オペレッタ』・店内

入店してきた唄、八作に手を挙げ、カウンターでうなだれている鹿太郎の隣に座って。

唄「どうしたシーズン2、落ち込んじゃって。ママが初恋の人とデートしてるから？」

鹿太郎「唄ちゃんも僕の身になってみればわかるよ」

唄「十六歳で、別れた妻に未練ある身にはなりたくないよ。電話してみようか（と、スマホを出す）」

鹿太郎「いや、邪魔しない方がいいんじゃない。最近初恋詐欺が流行《はや》ってるってことだけは教えてあげて」

21　商業ビル・出入り口～レストラン『オペレッタ』・店内

とわ子、挟まれていると、スマホが鳴り出した。
ポケットに入っているスマホに手を伸ばし、ぎりぎりでつまんで、手にし、出る。

とわ子「（余裕ぶって）はいはいー」

以下、オペレッタにて、鹿太郎と八作が見守る中、スピーカーフォンで話している唄とカットバックし。

唄「どう？　デートは順調？」

とわ子「……めっちゃ順調だよ。すごくロマンチックな感じ」

唄「なんだ、そうなんだ。みんなで初恋の人となんて上手くいくわけないって言ってたんだけど」

とわ子「こんなにモテていいのかなってくらい、迫られてるよ」

鹿太郎、八作、！　と。

とわ子「今だって、ぎゅーってされてる感じで、きゅんって感じ」

唄「じゃあ、今日はもうお邪魔しない方がいいね」

とわ子「そうだね、今日はもうずっと、ぎゅーって感じかも」
唄、スマホを切って。
唄「（鹿太郎と八作に）ぎゅーだって」
絶望している鹿太郎、複雑な八作。
スマホを切ったとわ子、さて、どうしたものか、ともがいていると、通りに人がいるのが見えた。
声をかけようとしたが、なんかいちゃいちゃしているカップルだった。
N「よりによってカップルか」
とわ子、悩む。
N「きっと助けてくれるはず。でもきっとにやにやされる。絶対すごくにやにやされる。一週間経っても、あの挟まれてた人面白かったねって、思い出しにやにやされる」
遠ざかって行くいちゃいちゃカップル。
N「何かを捨てる決意が必要だ。えーい」
とわ子「助けてー。助けてー」
22　ハイツ代々木八幡・大豆田家の部屋
疲れ切って帰宅したとわ子、ソファーに倒れ込む。
N「すごくにやにやされた」
なんだか挟まれていた部分が痛い。
とわ子「……お風呂入ろ」
とわ子、立ち上がって風呂場に行こうとした時、インターフォンが鳴った。

× × ×

玄関のドアを開けると、慎森が立っている。
日焼けしている。

とわ子「（噴き出して笑う）」
慎森「何が面白いんだろうか」
とわ子「だって……」
慎森「はい、お土産」
とわ子「ありがとう（と、慎森を見て、笑う）」
慎森「お邪魔します」
入って来る慎森。
とわ子「ねえ、ちょっともうお風呂入って寝るんだけど」
慎森「僕はまだ朝だから」
とわ子「時差ボケに人を巻き込まないで」
慎森「（振り返る）」
とわ子「（また噴き出して笑って）健康的になったね……」
慎森「朝ご飯作ってもいいかな」
とわ子「夜だよ」
慎森「何で僕を帰らせようとするの？　怪しいな」
とわ子「夜だからだよ（と、見て、また笑って）」
インターフォンが鳴った。

×　×　×

玄関のドアを開けると、鹿太郎と八作が立っている。

鹿太郎「初恋はどこ?」

八作「佐藤さん（と、足下を示す）」

慎森の靴が置いてある。

鹿太郎「あ、初恋いた。（部屋の方に向かって）初恋ー」

入って行く鹿太郎と八作。

とわ子、追って、三人、部屋に入ると、日焼けした慎森が立っている。

鹿太郎・八作「……」

慎森「おはようございます。何か?」

鹿太郎・八作「（噴き出して笑う）」

慎森「何も起こってませんよ」

とわ子「（笑う鹿太郎と八作に）でしょ、でしょ」

八作「中村さんじゃないですね」

とわ子「健康的でしょ」

鹿太郎「健康的な慎森なんて不健康だよ」

慎森「（両手を挙げ）何が面白いのかさっぱりわかりませんね」

鹿太郎「若干、ノリが……」

八作「アメリカンになってますね」

ククと笑うとわ子、鹿太郎、八作。

慎森「迷惑なんで帰ってもらえます?」

鹿太郎「あれ、家主誰だっけ」
とわ子「（手を挙げる）」
鹿太郎「（慎森に）君こそ迷惑でしょ、こんな時間に」
慎森「僕は朝なんで」
鹿太郎「君は何、世界の中心なの？」
慎森「（八作に）僕、世界の中心ですか？」
八作「（首を傾げる）」
鹿太郎「考えなくても彼は世界の中心じゃないよ。自分中心でみんなが回ってると思わないでって」
慎森「（八作に）田中さん、僕中心に回ってたんですか？」
八作「自分で歩いてます」
鹿太郎「わかってるよ。僕も自分の目的地に向かって歩いてるよ」
慎森「佐藤さん、向かうところあったんですか？」
鹿太郎「当たり前でしょ、無目的に彷徨《さまよ》ってないよ。今だって、初恋……初恋を探してたんだ（と、
見回す）」
とわ子「……」
慎森「初恋？」
鹿太郎「中村さん、健康的になってる場合じゃないよ。君、ここにいつからいるの」
慎森「今さっきです」
鹿太郎「だとすると……（と、見回す）」
慎森「まさかここに……（と、見回す）」
八作「初恋が潜んでますね」
見回す慎森、鹿太郎、八作。

とわ子「探さないで」
鹿太郎「初恋どこにいるの？　上手くいかなくて帰ったの？」
とわ子「上手くいかなかったくないよ。帰って」
慎森「僕たちも初恋を見せてもらわないと、判断出来ないね」
とわ子「何を判断するの。帰って」
鹿太郎「どこにいるんだろう」
八作「寝室じゃないですか」
三人、寝室のドアの前に行って。
慎森「待ってください、初恋が服着てなかったらどうしましょ」
とわ子、呆れてソファーに座って。
とわ子「もう遅いよ。もう何回もぎゅーってされて、きゅんてしたんだから。離してくれなかったんだから」
三人、ドアを開けるのを躊躇《ちゅうちょ》し、譲り合っている。
とわ子「いるよ、いるから絶対開けない方がいいよ。もうやめた方がいいって」
三人、意を決して、せーのでドアを開ける。
誰もいない。
三人、戻って、とわ子の前に行って、にやにやと。
鹿太郎「初恋は所詮初恋でしかないもんね」
慎森「三十年前のお菓子がまだ食べられると思ってたのかな」
笑う三人。
慎森「とりあえず朝ご飯食べましょうか」
台所に行く三人。

とわ子「(疲れて、クッションに顔を埋めていて)……」

××　×

テーブルに用意されたエッグベネディクトとサラダ、ヨーグルトなどの朝食。

黄身を割って流れ出るのを、おーっと盛り上がる慎森、鹿太郎、八作。

離れて、花火が挿されたトロピカルカクテルを怖々と飲んでいるとわ子、……。

鹿太郎「夜食べる朝ご飯もいいね。もう朝ってことでいいか」

慎森「朝ですよ」

八作「(手を挙げて)こちらブラジルでーす」

鹿太郎「お、いいね。こちらアルゼンチンでーす」

慎森「チリでーす」

とわ子「日本だよ」

慎森「そうだ、みなさんにもお土産が」

慎森、包みを出し、鹿太郎と八作に渡す。

鹿太郎、開けてみると、英字新聞のプリントシャツ。

鹿太郎「あ、ありがとね……」

慎森「もっと喜んでもらえるかと思ってました」

鹿太郎「いや、君は僕に対して英字新聞のシャツのイメージしかないのかなあと思って」

慎森「いえ、あと、電車のドアの横のコーナーに一回立ったら、もうどれだけ人が出入りしたってそこは動かないぞってイメージもあります」

鹿太郎「その二個しかないの?」

八作、自分の包みから英字新聞のシャツを出し。

八作「あ、僕のもです」
慎森「(自分のバッグから出し) ま、僕のもですけど」
鹿太郎「あ、お揃いが着たかったんだ？　嬉しいなあ」
慎森「そういうわけじゃないですけど……」
とわ子、え？　と自分のを開けてみると、英字新聞のシャツだった。
とわ子「……」

×　×　×

英字新聞のシャツを着ている四人。
三人並んで立っている慎森、鹿太郎、八作。
慎森「はい、並んで並んで」
とわ子「何これ。何も面白くないんだけど」
鹿太郎「いいからいいから。はい、どうぞ」
とわ子、嫌そうにボウリングの構えをして。
とわ子「あなたが好き (と、投げる)」
わあ、と当たって倒れるふりをする三人。
とわ子「……面白いね、これ。もう一回もう一回」
三人、起き上がって、並ぶ。
とわ子、嬉しそうにボウリングの構えをして。
とわ子「あなたが好き (と、投げる)」
倒れる三人。
とわ子「ストライク！」

×××

テーブルを囲み、まったり飲んでいる四人。

とわ子「(欠伸をし) だから、何でうちで飲むのって話でしょ」

鹿太郎「言っても、歓迎してるよって気持ちを感じるんだよね」

とわ子「歓迎してる気持ちは少しもないよ……(と、また欠伸)」

慎森「本当に嫌だったら家を封鎖しますもんね」

鹿太郎「バリケード置いたりね」

慎森「ドーベルマン飼ったりね」

八作「なんかみんなでキャンプとか行きたいですね」

鹿太郎「どうしたの急に」

慎森「キャンプ (と顔をしかめるが、一転し) いいですね」

鹿太郎「そうだね、いいね。キャンプ行こうよ、とわ子ちゃん」

見ると、グラスを手に、舟を漕いでいるとわ子。

三人、あ、と思って、にやにや見つめる。

とわ子「(起きて、三人の視線に気付き) 寝てないよ。わたしはまだお風呂に入って、だし、寝てないし」

また目を閉じてしまうとわ子。

×××

ゆらゆらゆらめく淡い灯りの中、ソファーによりかかって眠っていたとわ子、目を覚ます。

周囲を見て、え、と。

部屋のいたるところにキャンドルが並べられ、火が灯っている。

そんなとわ子の反応を見て、嬉しそうな三人。

とわ子「（どきどきしているが）……片付け、大変そう」

笑みを交わす三人。

慎森、またひとつ、新しいキャンドルを置き、火を灯しながら。

慎森「パーティーの後片付けは大変な方がいいよ。朝起きて、何も変わらない風景だったら淋しいでしょ」

とわ子「そうかな？」

慎森、テーブルのワインのコルクが三つ並んでいるのを示して。

慎森「次の朝、意味なく並べられたワインのコルク、テーブルに残ったグラスの跡、みんな楽しかった思い出でしょ。どれも君が愛に囲まれて生きている証拠なんだよ」

とわ子「……何の話？」

慎森「（鹿太郎に）何の話でしたっけ」

鹿太郎、またひとつキャンドルに火を灯しながら。

鹿太郎「たとえばさ、お風呂のお湯がやがて水になって、川に流れて、川は海に流れ込んで、その海は君をベトベトさせて、君はまたお風呂に入る。そうやって……」

とわ子「そうやって……？」

鹿太郎「だからね、僕は何度でも、お湯となって水となって巡り巡って、君を好きだってこと」

とわ子「（考えるが）……うん？」

八作、またひとつキャンドルに火を灯しながら。

八作「僕たちはみんな君が大好きだってこと」

とわ子「……」

八作「大豆田とわ子は最高だってことだよ」
とわ子「……」
八作「僕ともう一回結婚しようか」
とわ子「え……何やめて、みんながいる前で」
鹿太郎「僕といっしょになってください」
とわ子「え、何そんな、二人して……」
慎森「僕たち、夫婦になろうよ」
とわ子「ちょっとちょっと無理無理、そんないっぺんに……」
慎森「（鹿太郎と八作に）彼女は僕と結婚するんで」
八作「僕だと思います」
鹿太郎「いや、僕でしょ」
とわ子「（にやにやしながら）やめてやめて、喧嘩しないで。やめてってば、喧嘩しないでってわたしのために……」

×　×　×

部屋中のキャンドルライトはそのまま、眠りながらにやにや微笑っているとわ子。
八作の声「まあ、こういう感じってずっと続くものじゃないでしょうし」
鹿太郎の声「そうだよね。そのうちね、そうだろうね……」
とわ子、はっと目を覚ます。
毛布をかけられていた。
三人がこっちを見て、微笑んでいた。
とわ子「（照れて）何……何、何話してたの？」

三人、顔を見合わせ。

八作「僕たちはみんな君が大好きだってこと」

とわ子「……」

八作「大豆田とわ子は最高だってことだよ」

とわ子「……」

とわ子、ふと見ると、テーブルに眼鏡の絵が描かれたワインのコルクが三つ並んでいる。

とわ子「（見つめ、ふっと微笑って）……ありがとうね」

鹿太郎「ありがとうじゃなくてさ」

慎森「他にあるでしょ？」

とわ子「えー？　わたしは……わたしは、そうだな。わたしの好きは、その人が笑っててくれること。（三人に）笑っててくれたら、あとはもうなんでもいい。そういう感じ」

ひとりひとり微笑む三人、微笑むとわ子。

八作「（鹿太郎に）やっぱり富士山の方とか」

鹿太郎「富士山ね、いいよね」

とわ子「何の話？」

慎森「みんなでキャンプ行こうかって」

とわ子「何言ってんの」

慎森「カブトムシいますかね」

八作「朝早起きすれば」

鹿太郎「慎森、カブトムシ好きなの？」

呆れるとわ子と楽しそうな三人の宴《うたげ》が続く。

23　ハイツ代々木八幡・大豆田家の部屋（日替わり、朝）

とわ子、網戸をはめている。

N「これ、網戸を直せるようになった大豆田とわ子」

ふと外を眺めるとわ子。

N「上空からの夜景より、自分ちから見える景色が好き」

24　歩道

打ち合わせ帰りのとわ子、少し急いで歩いている。

N「これ、歩いている大豆田とわ子」

前を三人組の男女の会社員が横並びで歩いていた。

談笑しながらゆっくり歩いている。

とわ子、う、と思う。

N「あー、出た、横並び」

とわ子、追い抜きたいけど、前に出るに出られず、どうしようかな、と。

ひとりが端に寄ったので、隙間が出来た。

とわ子、急いで通り抜けようとする。

しかしすぐに戻られてしまい、隙間は消えた。

とわ子、おっと、と下がる。

またひとり、寄って、僅かに隙間が出来た。

とわ子、横歩きの平たい体勢で通り抜けようとする。

しかし前方から来た人が先にそこを通ったため、とわ子、旋回する。

脇にあった店などに入って行く三人。

とわ子、ほっとして行こうとすると、店からぞろぞろ出て来る十人ほどの団体。

とわ子、う、と。


団体のひとり「通る人いるよ、道開けて」

とわ子、やったと思って通ろうとすると、十人が両側に分かれたので、その間を通ることになった。

恐縮し、人の壁の間を通るとわ子。

N「ちょっと今からアカデミー賞もらいにいく感じの大豆田とわ子」

25 街角

歩いているとわ子。

何か聞こえてきて振り返ると、チップ入れの楽器ケースを置き、トランペットの路上演奏をしている翼の姿。

子供たちが集まっていて、楽しそうに吹いている。

微笑み眺めながら通り過ぎて行くとわ子。

26 しろくまハウジング・オフィス

社員たちと打ち合わせしている慎森。

会話が弾み、楽しげでもある。

N「これ、最近雑談出来るようになった中村慎森」

27　街角

歩いているとわ子。

誘導棒を振って、人止めをしている人がいる。

撮影が行われており、スタッフのポケットに『逆に愛してる シーズン4』の台本があった。

女優の美怜が共演者と告白場面を撮影していた。

とわ子、必死にジャンプして撮影を見る。

28　路上

ロケバスから機材を下ろしている最中の鹿太郎。

スタッフから充電器を受け取って。

N「これ、貸したものの汚れをチェックしている佐藤鹿太郎」

オッケーいいよと気前よく微笑う鹿太郎。

29　街角

歩いているとわ子。

子供たちを連れて歩いている保育士の早良が通る。

子供たちと一緒に歌っている早良。

子供がひとり転びそうになって、とわ子が支える。

早良、ありがとうございます、とわ子、いいえ、と。

30　レストラン『オペレッタ』・店内

最近はじめたランチタイムで、メニューのポスターには柳川風うどんがある。

賑わっている店内でサーブしている八作。

客が八作を目で追っている。

N「これ、今日もオーガニックな田中八作」

31　しろくまハウジング・オフィス

帰社してきたとわ子。


とわ子「ただいま帰りました」

カレン、頼知、悠介、羽根子、諒、六坊たちがいて、お疲れさまですと声をかけていく。

社長デスクに戻ったとわ子、よいしょっと座る。

はっと気付いて、椅子に置いてあった袋からぺしゃんこになったシナモンロールを取り出す。

ぽろぽろと崩れてくるのを慌てて食べる。

N「これ、大豆田とわ子」

32　エンディング

テーマ曲に続いて、大通り沿いの路上にて、ガードレールによりかかって話しているとわ子、慎森、鹿太郎、八作。

歩き出すとわ子。

付いて来る三人。

とわ子「え、待って待って待って、何で付いて来るの」
慎森「僕らもこっちが帰り道だから、（鹿太郎と八作に）ね」
鹿太郎「（慎森と八作に）ね」

八作「(槙森と鹿太郎に) ね」

とわ子「え、何の、ね？　意味わかんない」

逃げるように逆方向へと行くとわ子。

また付いて来る三人。

とわ子「付いて来ないで」

とわ子、また逆側に逃げるが、付いて来る三人。

とわ子「付いて来ないでって言ってるでしょ」

走り出すとわ子、カメラを見て。

とわ子「大豆田とわ子と三人の元夫。ありがとう！」

走り去る大豆田とわ子と三人の元夫。

終わり

【番組制作主要スタッフ】

脚本：坂元裕二
演出：中江和仁
　　　池田千尋
　　　瀧悠輔
音楽：坂東祐大
プロデューサー：佐野亜裕美
制作著作：カンテレ

JASRAC 出 2104952-102

坂元裕二（さかもと・ゆうじ）

脚本家。主な作品に、日本テレビ系「Mother」（第19回橋田賞）
「Woman」（日本民間放送連盟賞最優秀）、「anone」、
フジテレビ系「東京ラブストーリー」「わたしたちの教科書」（第26回向田邦子賞）
「それでも、生きてゆく」（芸術選奨新人賞）「最高の離婚」（日本民間放送連盟賞最優秀）
「問題のあるレストラン」「いつかこの恋を思い出してきっと泣いてしまう」、
TBS系「カルテット」（第54回ギャラクシー賞 テレビ部門 優秀賞）、
映画『花束みたいな恋をした』など。

大豆田とわ子と三人の元夫 2

二〇二一年七月三〇日 初版発行
二〇二一年八月三〇日 2刷発行

著者 坂元裕二
発行者 小野寺優
発行所 株式会社河出書房新社
〒一五一-〇〇五一
東京都渋谷区千駄ヶ谷二-三二-二
電話 〇三-三四〇四-一二〇一［営業］
〇三-三四〇四-八六一一［編集］
https://www.kawade.co.jp/
組版 株式会社キャップス
印刷・製本 三松堂株式会社

Printed in Japan
ISBN978-4-309-02971-9